김정자의
시와 산문

이 도서의 국립중앙도서관 출판예정도서목록(CIP)은 서지정보유통지원시스템 홈페이지(http://seoji.nl.go.kr)와 국가자료종합목록시스템(http://www.nl.go.kr/kolisnet)에서 이용하실 수 있습니다.
(CIP제어번호 : CIP2020041253)

Poem & Prose

김정자의

시와 산문

지구문학

시와 산문집을 내면서

'내일 비록 세기의 종말이 올지라도 나는 오늘 한 그루의 사과나무를 심겠다.'

– 스피노자

스피노자의
명언을 생각하면서 사과나무를 심었습니다.

늦었다고 생각했는데
어제 밤
꿈속에서 사과꽃이
피었습니다.

비록

꿈일지라도

그 꽃이
모든 이의 가슴에
은은한 향기로 남기를
소원합니다.

열정을 주신
하나님께 감사드립니다.

2020년 중추가절에

김 정 자

김정자의 시와 산문집 출간에 붙여

金 始 原
수필가, 한국문인협회 자문위원

이 '시와 산문집' 은 김정자 시인의 네 번째 작품집이다.

충남 서산 출신으로 어렸을 때부터 독립운동가인 아버지 슬하에서 아름다운 자연과 더불어 이웃을 사랑하며 감성이 남다르게 자랐다.

돌멩이 하나, 풀 한 포기에 詩가 있듯이, 콩나물을 기르면서, 말 못하는 짐승의 행동에서 그녀의 詩心이 묻어 있다.

여기 49편의 詩와 散文을 통해서 그녀의 향기로운 삶을 엿볼 수 있다.

질그릇 빈 화분에 콩나물 콩을 넣고
아침마다 물을 흠뻑 주었더니 노란 싹이 텄다

"잘 자라다오" 속삭이며 정성을 들였더니
하루가 다르게 쑥쑥 자랐다.

흘러내리는 물을 먹고 자란 콩나물이듯이
사람도 흘려들은 말이 피가 되고 살이 되거늘.

– 시 〈콩나물〉 전문

… 그러던 1960년 아버지가 세상을 떠나셨다.

그 때는 3년 상喪을 치르던 시절이라 우리도 예외 없이 대청마루에 상청喪廳을 차려놓고 조석으로 상식上食을 했다.

…(중략)…

상식上食을 올리고 나서 상아로 만든 빨주리에 불을 붙여 꼽아 놓으면 신기하게도 그 담배가 저절로 끝까지 탄다.

…(중략)…

그 담뱃불이 다 꺼지면 덕구와 성구는 성큼성큼 대청마루로 올라가서 상청喪廳 앞에서 아버지 사진을 물끄러미 올려다보고 주르륵 눈물을 흘리곤 했다.

…(중략)…

덕구와 성구는 비록 말 못하는 짐승이지만 주인을 그리워하며 눈물을 흘리니 '때로는 개도 사람보다 낫다' 는 말이 있지 않은가.

- 수필 〈덕구와 성구〉에서

이 얼마나 가슴 뭉클하고 감동적인가?

문학은 교육과 감동 두 개의 기능이 있어야 한다고 했다

위의 〈콩나물〉 詩가 교육적이라면 수필 〈덕구와 성구〉는 감동적이리라

문학이 얼마나 인간의 정신적인 삶을 풍요롭게 하고 가치 있게 하는가를 엿볼 수 있다.

이제 그녀는 산수傘壽를 넘었다. 아직도 늙지 않은 그 열정과 감성에 큰 박수를 보낸다.

김정자 시인의 '시와 산문집' 출간을 기쁜 마음으로 축하한다.

차례

시 · 3 추억 속으로

시 · 4 내 생애 최고의 날

차례

시 · 5 잃으며 산다

산문 · 1 덕구와 성구

산문 · 2 우리 딸은 목사님

산문 · 3 추억을 줍다

차례

산문 · 4 인생은 나그네 길

산문 · 5 우리 아기 탄생

시詩 · 1

콩나물

콩나물

질그릇 빈 화분에 콩나물 콩을 넣고
아침마다 물을 흠뻑 주었더니 노란 싹이 텄다

"잘 자라다오" 속삭이며 정성을 들였더니
하루가 다르게 쑥쑥 자랐다

흘러내리는 물을 먹고 자란 콩나물이듯이
사람도 흘려들은 말이 피가 되고 살이 되거늘

립스틱 짙게 바르고

우리 동네에 여자중학교가 있다
아침 일찍 등교하는 여학생들과 마주친다

립스틱 짙게 바르고
꽃잎처럼 웃으며 간다

책가방 메고 지나간다
아무렇지 않게 지나간다

화장기 없는 얼굴로 다니던
우리 적 풋풋한 얼굴이 삼삼하다

구멍 난 양말

구멍 난 양말 세 켤레를 버렸다
옛날 같으면 고장 난 전구에 끼워서
알뜰하게 꿰매어 신었으련만
좋은 세상 만나 새 양말이 많아서
버리고 말았다

크리스마스 날 텔레비전에서
남자 봉쇄수도원의 수사님들을 보았다

구멍 난 양말을 신고 단벌로
혼자서 물과 밥 한 그릇으로 지내는
그들을 보았다

일생을 그렇게 지내면서
하느님 봉헌하고
오직 기도로 사는 수사님들을 보면서
나는 많이 부끄러웠다

식초단지

어렸을 때 우리 집 부뚜막에
식초 단지가 있었다
어머니는 신주 단지 위하듯
행주로 깨끗이 닦고 닦았다
가끔가다 사금파리를 불에 달구어
식초단지에 넣어 소독을 하곤 하였다

어머니는
그 식초를 넣어 맛을 낸 양념장을
하루도 빠짐없이
우리 밥상에 올려놓았다

오월이면 1년 된 식초 항아리 열고
한 종지씩 떠서 남편에게 맛보이며
건강을 챙겼다

나는 지금도 그렇게 산다

내 동생

한 핏줄 이어 받은
내 동생

가까이 살면서
부족함 채워주고 등 다독이며

기쁨도 나누고
아픔도 나눈 세월이 수삼 년

우리가 자매로 태어나서
고맙고 감사하다

남은 날도 우리 자매
쭉 그렇게 살자

시詩 · 2

원두막

원두막

한여름
참외밭에 이르렀다

개구리참외 감참외 김막가
무르익은 내음이 코에 스민다

저만큼 원두막에서

참외서리 막으려는 할아버지 눈빛이
번뜩인다

잠시
반백 년 넘은 세월 앞에

옛 생각 붙잡고 서있는데
저물어가는 들녘에

낮달만 희다

참새잡이

내가 어릴 때
날씨 꾸무룩하고 비가 오려고 하면
우리 집 뒤뜰 대나무 밭에서
참새떼 지저귀는 소리가 요란했다

그럴 때면
마당 중간쯤에
삼태기에 모이를 담아
새끼줄로 묶어

방문에 구멍을 뚫어
길게 이어놓고
방안에서 문틈으로 내다보며
참새를 낚아채려고 유인하는데

저물도록
참새는 오지 않고 내 눈만
뜨겁게 충혈되고 아팠다

여치 집

그 옛날
여름이면 밀짚 보리 짚으로
여치 집 만들었다

이슬만 먹고 산다는 여치
행여 다칠세라

색색 물감 들여 무지개 빛깔
여치 집 만들어서

처마 끝에 매달아 솜씨 자랑하며
즐겼던 옛이야기는

세월의 무상함을 삭이면서
서글픈 마음만 달래본다

빈 화분

우리 집 베란다 빈 화분에
흙을 돋아 쪽파를 심었다

물 한 모금 먹고
파르라니 자란다

주방에서 요리하다가
파 한 닢 잘라 송송 썰어서

양념장 만드는 즐거움이
쏠쏠하다

어릿광대

굿판이 벌어졌다
광대가 춤을 춘다
어릿광대가 신나게 춤을 춘다

두 팔을 올리고
두 발을 비틀면서
호시탐탐 탈출을 시도한다

광대는 무동을 태우고
신명나게 춤을 춘다

어릿광대는 자신을 잊은 채 춤을 춘다
세월 가는 것도
계절이 바뀌는 것도 모른 채

꼭두각시의 탈 속에 묻혀
마냥 끌려 다닌다

광대는 슬픈 앞잡이가 되어
웃고 있다
씁쓸하게 웃고 있다

시詩 · 3

추억 속으로

5월의 향기

청보리 익어가는 5월
녹색바람이 출렁인다

보일 듯
밭이랑에 아른거리는

임 모습 가슴 설레고

멀리서 스며드는
아카시아꽃 향내가

그리움을 더한다

벚꽃

우리 아파트 정원에
벚꽃이 화사하다

잠시 황홀하게 바라보는 나에게
벚꽃이 말한다

눈이 부시나요?
진해로, 하동으로 멀리 가지 말고

가까운 여기서 만끽하세요

동백꽃

성의 없이 심어놓고
생각나면 물 한 모금 주는데

뒷전에서 푸대접 받는구나

힘겨운 모가지가
쓰러질 듯 서 있는 너

곧 죽어도 동백꽃이라고
빨갛게 피었구나

장날

용인장날이다
남편과 함께 아들 며느리 손녀
일곱 식구가 장날 구경 갔다
사람 냄새가 난다
볼거리도 많다
포장 친 좌판에 쪼그리고 앉아서
막창전골을 먹었다
팔십 평생에 처음 먹어본 음식이다
식성도 변하는가 보다
세월 따라 아이들 입맛 따라
우리도 젊어지고 있다
허름한 곳에서 잔치국수도 먹었다
모르는 사람과 어깨도 부딪쳤다
나물도 사고 생선도 사고
장날 나들이는 삶의 행복이다

추억 속으로

고향 집 담장에 붉은 능소화 피고
마당에 목백일홍이 한창일 때

외수천 냇가에서 빨래하던 아낙이
반백 년 추억 속으로 더듬더듬 찾아왔다

눈대중으로 가늠해 본 그곳은
현대의 물결 속에 숨어 버리고

지난 날 가슴에 뿌린 언어들은
아스팔트 속에 묻힌 채

헛걸음으로 돌아서는데
돌아서는데

아련한 기억 속
어머니의 굵은 손마디가 눈시울을 붉혀

새삼
그리움에 흔들리고 있다

시詩 · 4

내 생애 최고의 날

전동차 안에서

전동차를 탔다
맞은편에 앉은 사람들이
각양 각색이다
늙은 사람 젊은 사람
예쁜 사람 못생긴 사람
같은 사람이 하나도 없다
눈 코 입 귀
어쩌면 그렇게 다를 수가 있을까
나는 그들을 감상하고 있다
그리고 그들은
차가 정차하면 저 갈 길을 향해
바쁜 걸음을 재촉하고 있다

부활절을 맞아

죄 많은 우리를 구원하기 위하여

십자가에 못 박혀 죽으신 주님!

아픈 형벌을 달게 받으시고
사흘 만에 다시 부활하신 주님!

당신이 계시기에 우리가
날마다 호흡하고 있습니다

욕심을 버리고 이웃을 사랑하며
항상 기뻐하는 저이게 하소서

부활절을 맞이하여
거듭나기를 주님께 비옵니다

출판의 기쁨

따스한 봄바람 불어
일렁이는 꽃향기에

내 마음 적이 물살진다

황혼기에 든 내 인생
더디고 보잘 것 없는

지난날의 편린들을 모아모아

돋보기 너머로 써내려 간
한 권의 시집과 두 권의 수필집

그 출판의 기쁨은
나만의 큰 행복이다

내 생애 최고의 날

나의 간절한 기도가 상달 되던 날
주님 응답 황홀하여라

환상의 언어로 교감하니
비 오듯이 흐르는 눈물을
주체할 수 없어서
목 놓아 기쁨의 탄성을 지르기도

주님과 영으로 주고받은 메신저는
그 누구도 빼앗아가지 못하고

감히 범접할 수 없는 그 은밀함

오직 승화된 천상의 목소리로
감사와 찬미를 외치는 나의 기도는

천사의 호위 속에 천국 문에 이르러
내 생애 최고로 기쁜 날

희수

100세 시대다

지하철에서나 병원에서나
사람이 많다

모두 어디를 가는지
쫓기듯 바쁘다

세월이 좋아서 나이 든 사람들이
죽을 시간이 없다고 한다

100세에서 110세로 치닫는 요즘
어느 벽에 붙어있는

눈치 빠른 포스터 한 장이
가슴을 철렁하게 한다

"내 나이 칠십칠이라니
모든 것이 꿈만 같다"

시詩 · 5

잃으며 산다

잃으며 산다

팔십 고개에 이르니
정신이 깜박깜박한다

애지중지하던 시계를 잃어버리고
선글라스를 잃어버리고

하나씩 둘씩 잃으며 산다

막내사위가 사다준 선글라스는
눈물 나도록 고맙고 위로가 된 선물이었다

그것을 잃어버리고
주책없이 몸 둘 바를 모르며 눈시울 적신다

빈 손

우리는
올 때도 아무것 가진 것 없이 오고
갈 때도 아무 것 가진 것 없이 간다

열심히 살다가 때가 되면
빈 손으로 떠나야 한다

그래서
수의에는 주머니가 없는지도 모른다

그래서
살아 있을 때
줄 수 있는 것은 아낌없이 주어야 한다
죽은 후에는 아무리 가까운 사이라도
꺼림칙하니까

피안의 길이 언제일지 모르지만
나는 오늘도 주위를 뒤적이며 정리를 한다

노을은 아름다워라

오늘은 우리 교회
시니어예배 종강하는 날

축제가 열렸다
시니어들의 장기 자랑이 한창이다

글로리 앙상블
민요팀
무용팀
워십댄스
플룻 솔로독주
사물놀이
찬양대 합창

머리에 흰눈을 쓰고
팔을 이리 뻗고 저리 뻗고
발을 살포시 들어올렸다 내렸다

춤추는 시니어들
마음과 몸이 따로따로지만
열정만은 누구도
따라오지 못하는 그 흥!

한 때 취미였던 전공이었던
즐겼던 재능들
노을 앞에서 한껏 뽐내고 있다

모습 모습이 아름답다
눈물이 날 정도로 칭찬하고 싶다

하나님 감사합니다

나는 몰랐네

나는 어려서 몰랐네
꽃이 피면 봄인 줄 알고
더우면 여름인 줄 알고
단풍 들고 추수를 하니
가을인 줄 알고
춥고 눈이 오니 겨울인 줄 알았네

어릴 때
나이 든 사람들이
손마디가 굵고 울퉁불퉁한 것을
나는 왜 그런지 몰랐네

얼굴에 주름지고 허리 굽은 것을
왜 그런지 나는 몰랐네
내가 늘그막에 이르니
내 손이 울퉁불퉁

옛날 그 사람들 손 같아서야
나는 왜 그런지 알았네

여정

태국 리조트에서 신기한 종이꽃 보았다
한가로이 시간을 보내며 힐링했다

큰딸 보호 받으며 골프를 즐기고
삼시 세끼 밥걱정 안 했다

호텔 로비에 앉아서 수영하는 아이들 보며
열대과일 실컷 먹고 7박9일 여정이 행복했다

내 생애 또 이런 호강을 누릴 수 있을까
아쉬운 마음 안고 한국행 비행기에 올랐다

산문散文 · 1

덕구와 성구

덕구와 성구

해마다 배롱나무 꽃이 피면 아버지 생각과 함께 덕구와 성구 생각이 난다.

아주 오래 전 일이다. 태양이 작열하는 팔월의 더위 속에 시골 우리 집 정원에는 배롱나무 꽃이 한참동안 아름답게 피어 정원이 훤했다. 배롱나무는 아버지께서 정원을 가꾸면서 제일 먼저 심었다. 그 배롱나무를 우리 고향에서는 목백일홍이라고 불렀다. 꽃이 백일동안 핀다고 해서 백일홍이라고 한다. 특히 아버지께서는 부귀라는 꽃말을 가진 목백일홍을 무척 좋아하셨다.

우리 집 정원에는 목백일홍 말고도 갖가지 나무와 꽃들이 있어서 철따라 동네 사람들이 꽃구경을 왔다. 또 결혼식장이 없던 시절이라 이웃에서 우리 집을 빌려서 구식결혼식을 하고 기념사진을 찍던 모습을 내가 어렸을 때 자주 보았다.

그 시절에는 그렇게 했다.
3년 동안 하루도 빠지지 않고 아침저녁으로 정성껏 모셨다.
행여 먹던 음식은 놓지 않고
한 가지 반찬이라도 새로 만들어 올리곤 했다.

그 무렵, 우리 집에는 사냥개 두 마리가 있었다. 그들 이름은 덕구와 성구다. 아버지께서 사냥을 즐기셨기 때문에 그 사냥개는 아버지를 따라 사냥을 다녔다. 산으로 들로 사냥을 나가시면 덕구와 성구는 꼬리를 흔들며 앞서거니 뒤서거니 열심히 따라다녔다.

그러던 1960년 아버지가 세상을 떠나셨다. 그 때는 3년상喪을 치르던 시절이라 우리도 예외 없이 대청마루에 상청喪廳 '궤연几筵' 을 차려 놓고, 조석으로 상식上食을 했다. 상식이란 상가喪家에서 아침저녁으로 궤연 앞에 음식을 차려놓는 일이다.

그 시절에는 그렇게 했다. 3년 동안 하루도 빠지지 않고 아침저녁으로 정성껏 모셨다. 행여 먹던 음식은 놓지 않고 한 가지 반찬이라도 새로 만들어 올리곤 했다.

궤연 위쪽 중앙에 아버지 사진을 걸어 놓고, 상식을 물리고 나서, 상아로 만든 빨주리에 불을 붙여 꼽아 놓으면 신기하게도 그 담배가 저절로 끝까지 탄다. 어떤 때는 타다 말 때가 있다. 그럴 때면 혹시 반찬에 머리카락이라도 떨어져서 아버지께서 노여움을 타신 게 아닌가 하여 걱정을 하기도 했던 시절을 보냈다.

그 때 담뱃불이 다 꺼지면 덕구와 성구는 성큼성큼 대청마루로 올라가서 상청 앞에서 아버지 사진을 물끄러미 올려다보고 주르륵 눈물을 흘리곤 했다. 덕구와 성구의 모습을 보고 어린 나도 덩달아 눈물을 흘리곤 했다. 그래서 해마다 백일홍이 필 때면 아버지 생각에 보고 싶은 마음이 간절하다.

그런데 이상했다. 아버지가 돌아가신 그 해부터 3년 동안 백일홍 꽃이 피지 않았다. 웬일인가 궁금했는데 전설이 있었다. 사람들이 말하기를 백일홍은 그 꽃을 심은 사람이 죽으면 꽃도 3년 동안 안 핀다고 그런데 이상했다.
아버지가 돌아가신 그 해부터 3년 동안 백일홍 꽃이 피지 않았다.
웬일인가 궁금했는데 전설이 있었다.
사람들이 말하기를 백일홍은 그 꽃을 심은 사람이 죽으면
꽃도 3년 동안 안 핀다고 했다.

했다. 해서 절개 있는 나무라고 사람들이 말을 했다고 한다. 결국 백일홍도 아버지와 함께 3년상을 치른 셈이다.

덕구와 성구는 비록 말 못하는 짐승이지만 주인을 그리워하며 눈물을 흘리니 '때로는 개도 사람보다 낫다' 는 말이 있지 않은가.

보고 싶은 아버지! 어머니!

묵은지

스산한 바람이 불고 낙엽이 날리는 계절이 오면, 겨울이 오고 있음을 알고 주부들은 겨울 준비를 해야 한다.

옛날에 월동준비는 연탄을 사고 김장을 하고 쌀을 사 놓으면 그런대로 월동준비가 되었다고 생각하면서 살았다.

지금도 나는 김장철이 오면 고춧가루를 장만하고 들깨를 세 말씩 짜서 한해를 먹고, 음력 정월이면 손 없는 날을 받아서 간장 된장을 담았다. 아파트에서 살면서 간장 된장을 담아 먹는 것이 다소 번거롭지만 나이든 사람이어서 그런지 기본적인 것은 아직도 다 해 먹고 산다. 봄에 마늘장아찌 가을에 고추장아찌 들깻잎장아찌, 옛날 같지는 못하지만 그래도 밑반찬 몇 가지는 해놓고 먹는다.

김장철에도 짠무김치를 20개 정도 담고, 시래기 절여서 깨끗이 씻어서 통에 넣고, 소금 뿌려 봉해 놓고, 누렇게 익으면 꺼내어 물에 담갔다

문명이 발달하여 퓨전 음식이다 해서
새로운 음식의 홍수 속에 살고 있는 손녀들이지만 신통하고 예쁘다.
매스컴을 통해 보면 새로운 음식의 범람 속에서
사서 먹는 것이 유행이 되고 어쩌면 더 경제적일 수 있다고 생각한다.

가 압력솥에 들기름 넣고 마늘 넣고 멸치 넣어 푹 지져먹으면 그 맛이 일미다.

우리 딸들은 결혼을 해서 수삼 년이 지났어도 어려서부터 먹어서 그런지 잘 먹고 좋아한다. 손녀들도 덩달아 요즈음 아이들 같지 않게 옛날 어른들같이 청국장 된장 토속적인 신토불이 음식을 좋아한다.

문명이 발달하여 퓨전 음식이다 해서 새로운 음식의 홍수 속에 살고 있는 손녀들이지만 신통하고 예쁘다. 매스컴을 통해 보면 새로운 음식의 범람 속에서 사서 먹는 것이 유행이 되고 어쩌면 더 경제적일 수 있다고 생각한다. 음식의 재료를 살려면 이것저것 드는 것이 많다 보니 돈도 만만치 않기 때문이다.

특히 요즘, 김치는 거의 사다 먹고 아예 안 먹는 사람이 많다고 한다.

그러나 우리 나이 든 사람들은 김치 없이는 밥 한 끼 먹기가 어렵다.

그래서 김장철이 되면 배추김치 깍두기는 기본, 동치미 파김치 게국지(호박김치) 짠무김치 총각김치. 그뿐인가? 특별히 저린 배추에 소금을 뿌려 통에 넣고 돌을 깨끗이 씻어서 위에 눌러 놓는다.

한 마디로 묵은지다. 여름을 대비하여 저장해 놓은 그 묵은지는 꿀맛이다. 입추가 지나고 선선한 가을까지 먹는다. 이웃에 살고 있는 딸들도 가끔 갖다 먹으면서 세상에 이런 것은 없다고 감탄한다.

올해도 오이지를 300개, 세 접이나 담갔다. 딸들이 가져다 먹고, 여동생까지 한 접씩 가져간다. 우리 동생은 내가 담아준 오이지로 여름을 난다고 한다.

매운 음식을 못 먹으니 오이지를 썰어서 물에 얼음 동동 띄워 국물까

한 마디로 묵은지다.
여름을 대비하여 저장해 놓은 그 묵은지는 꿀맛이다.
입추가 지나고 선선한 가을까지 먹는다.
이웃에 살고 있는 딸들도 가끔 갖다 먹으면서
세상에 이런 것은 없다고 감탄한다.

지 맛있게 먹고 입이 개운하다고 하니 나눔의 기쁨까지 누린다.

문명이 발달하고 새로운 음식이 좋을 때도 있지만 오래된 전통 음식은 묵은지를 비롯해서 향수를 불러일으킨다.

옛것이 있는가 하면 새로운 것이 있다. 골동품은 오래 갈수록 값이 비싸다. 그러나 문화는 옛것과 새것이 병행하는 것이 삶의 활력소가 되리라.

묵은지란 말만 들어도 입 안 가득 침이 고인다. 때로는 나이든 사람의 말도 귀 기울여 들으며 나름대로 현재의 신선한 것과 조화를 이루면 사람이 사는 데 지루하지도 않고 행복한 삶을 살 것 같다.

나는 올해도 내년을 위해서 정성껏 묵은지를 담으련다.

다시 태어난다면

사람이 태어나는 것은 순서가 있다 하고 죽는 것은 순서가 없다고 한다. 맞는 말인 것 같다.

그런데 세상에 태어나서 후회 없이 살다 가는 사람이 몇 사람이나 될까? 부자나 명예를 갖고 산 사람들은 만족했을까?

그러나 자기가 좋아하는 일 또는 타고 난 재능을 마음 먹은 대로 뜻을 이루지 못하고 사는 사람들이 얼마나 많은가?

이것을 할까? 저것을 할까? 목표를 설정하지 못하고 어영부영 아까운 세월만 보내는 사람은 또 얼마나 많은가?

나는 젊었을 때 글 쓰는 것이 꿈이었다. 그러나 그 때는 엄두를 못 냈다. 결혼을 하고 한 가정을 이루고 아이를 낳고 시집살이하다 보니 내 마음대로 할 수가 없었다. 나를 뒤에 둔 채 시부모 섬기고 자식들 챙기

나는 젊었을 때 글 쓰는 것이 꿈이었다.
그러나 그 때는 엄두를 못 냈다.
결혼을 하고 한 가정을 이루고 아이를 낳고 시집살이하다 보니
내 마음대로 할 수가 없었다.

다 보니 한평생이 훌쩍 지나갔다.

우리는 사람이기에 서로 주고받고 의지하며 살아간다. 그런데 내가 살아오면서 남에게 받는 것보다는 콩 한쪽이라도 남에게 주는 기쁨이 더 크다는 것을 느꼈다.

남에게 준다는 것은 내가 할 수 있는 것 다 하면서 주는 것이 아니다. 내가 포기하고 남에게 주는 것이라고 생각한다. 그 기쁨은 주어본 사람은 다 안다.

나에게는 롤모델이 있다.

내가 꿈을 이루지 못하고 죽나 보다 할 때, 지금 이 나이에 글을 쓸 수 있도록 길을 열어주신 분이다. 감사하고 있다.

70이 넘었는데 어떻게 꿈을 이룰 수 있을까? 실망하고 걱정하면 그 분은 당신의 좌우명인 스피노자의 '내일 비록 세기의 종말이 올지라

도 나는 오늘 한 그루의 사과나무를 심겠다' 를 들려주며 용기를 주었다.

어설픈 글 한 편 써갈 때마다 그분은 칭찬을 아끼지 않았다. 그럴 때마다 부끄러웠지만 칭찬과 격려에 힘입어 혹시나 하면서 열심히 글쓰기를 했다.

드디어 날개를 달고 시집과 수필집을 내는 기쁨을 안았다. 그분이 계시기에 가능한 일이었다. 내 인생 황혼에 아스라이 노을처럼 느껴졌던 꿈을 이루었다.

그분에게 항상 감사하며 그분처럼 사는 것이 내가 다시 태어나면 하고 싶은 일이다.

다시 태어난다면, 항아리에 간장 된장 고추장 장아찌를 골고루 담아

드디어 날개를 달고 시집과 수필집을 내는 기쁨을 안았다.
그분이 계시기에 가능한 일이었다.
내 인생 황혼에 아스라이 노을처럼 느껴졌던 꿈을 이루었다.
그분에게 항상 감사하며 그분처럼 사는 것이
내가 다시 태어나면 하고 싶은 일이다.

놓고 이웃과 나누는 삶.

푸른 하늘 쳐다보고 새소리 듣고 꽃피는 것 보면서 소박하게 살면서 그분처럼 남에게 희망을 주고 꿈을 이루게 하여 기뻐하는 모습을 보며 사는 사람으로 살고 싶다.

코로나19

버들강아지가 눈 떴다. 땅 속의 모든 생명체가 기지개를 펴고 꽃이 피는 봄이 다가오고 있는데 코로나19 때문에 심란하다.

생각해 보니 내가 어렸을 때, 몹쓸 병이 돌긴 했어도 그렇게 심각하지 않았다. 민간요법으로 문 앞에 황토 흙을 놓아 사람들의 출입을 막곤 했던 기억이 난다.

그런데 요즘 반년을 넘게 코로나19가 날개를 달고 활보하고 있다. 사스도 겪고 메르스도 겪었지만 그 때만 해도 이렇게 세계적인 재앙이지는 않았던 것 같다.

면역력이 약한 사람은 꼼짝 말고 집에 있어야 하고, 유치원과 초·중·고등학교가 아직까지도 대면수업을 제대로 하지 못하고 있다. 거리에 재잘거리며 지나가는 아이들의 말소리가 그립다. 모두 집안에 갇혀 있어 아이들을 볼 수가 없다.

면역력이 약한 사람은 꼼짝 말고 집에 있어야 하고,
유치원과 초 · 중 · 고등학교가 아직까지도
대면수업을 제대로 하지 못하고 있다.
거리에 재잘거리며 지나가는 아이들의 말소리가 그립다.

코로나바이러스로 인한 공포증이 심해서 그렇게 좋아하는 외식도 못하고, 배달 음식도 제대로 선택할 수가 없다. 아마도 집집마다 냉동실에 보관된 식재료와 냉장고에 있는 음식들을 이것저것 하나씩 비워가는 일상일 것이다.

어쩌다 마트에 가면 마스크로 무장한 사람들의 눈빛에서 반가움보다는 서로 두려움과 기피현상까지 느끼게 한다. 약국 앞에 줄지어 늘어선 마스크 구입 대란은 우리같이 나이든 사람은 그것도 어렵다. 힘들다. 이 현상이 언제까지 갈 것인지 심히 걱정스럽다.

무조건 사람을 만나지도 말고 다니지도 말고 집에만 있으라니 이게 위리안치인가 싶다. 한 때, '뭉치면 살고 흩어지면 죽는다' 했는데, 요즘은 '뭉치면 죽고 흩어지면 산다' 가 되었다.

그동안 모든 일상의 생활이 행복이고 보람이었다는 것을 요즘 마음으로 몸으로 느끼며 살고 있다. 산책을 하고 햇볕을 쏘이며 가고 싶은 곳에 가는 것이 얼마나 큰 행복인지. 그동안 우리는 일상의 행복을 미처 모르고 지나치며 살았다는 것을 느끼기도 한다.

우리는 살면서 불만을 하지도 말고 숨 쉴 수 있다는 것에 감사하고 먹을 수 있다는 것에 감사하며 살아야 한다.

코로나19는 세계적인 재앙이다. 코로나19는 날개를 달고 온 우주를 겁도 없이 넘나들고 있다. 세계를 누비며 마음대로 다닐 수 있었던 지난날이 그립다. 달나라도 갈 수 있을 만큼 과학이 발달했는데 코로나19를 막을 수는 없는지? 코로나19여! 부디 안녕!

나는 요즘 세태를 보면서 성경에서 본 노아의 방주가 생각났다. 하나님께서 사악한 인간에게 경고장을 주신 것은 아닌지?

금목걸이

1960년대 시절에는 모든 것이 모자라고 힘든 세월이었다.

추운 겨울이면 입을 것도 먹을 것도 부실했다. 버스비 20환 전철비 15환 그것도 없어서 목적지까지 걸어서 가야 하는 그 길이 왜 그리 멀고 힘들었는지. 너나할 것 없이 전쟁 지난 세월의 힘겨움은 더 나은 사람도 없이 주린 배 움켜쥐고 보릿고개에 허덕였다.

부모들은 자나 깨나 자식들에게 한 끼라도 배불리 먹이려고 안간힘을 써가며 하루하루 연명할 때의 세상살이는 눈물겹도록 힘들었다. 없던 시절이라 젊은이들도 어정쩡하고 가난하여 꿈과 이상만 먹고 살았다.

그 때 나는 내 나이가 한창 좋은 그 꽃 시절에 사랑하는 사람이 있었다. 어느 날 우리 두 사람은 내 친구 춘희를 찾아갔다.

내 친구 춘희는 착하고 예뻤다. 대천이 고향이다. 아버지가 양조장을 운영하기 때문에 동네에서 부잣집 딸이라고 또래 친구들이 부러워하기도 했다. 그때 그 어려운 시절에 춘희는 서울 북아현동에서 큰 집을 사서 작은오빠랑 함께 공부하며 살았다. 심부름하고 밥해 주는 여자아이까지 두고 살았기에 춘희는 선망의 대상이었다.

그런 내 친구 춘희에게 나는 현재 내 남편과 연애할 때 수중에 돈 한 푼 없는 가난한 연인이었다. 그날 찾아가서 차마 돈을 빌려 달라는 말이 입 밖에 떨어지지 않은 것을 어찌어찌 용기를 내어 말을 했다.

순간 부끄럽고 초라한 나의 자존심이 벼랑 끝으로 와그르르 무너져 내려갔다. 남자 친구까지 대동하고 말이다.

그때 내 친구 춘희는 가진 게 없다고 하면서 목에 걸고 있던 금목걸이를 풀어서 나에게 주었다. 아무리 부잣집 딸이라도 금목걸이를 선뜻

그런 내 친구 춘희에게 나는 현재 내 남편과 연애할 때
수중에 돈 한 푼 없는 가난한 연인이었다.
그날 찾아가서 차마 돈을 빌려 달라는 말이
입 밖에 떨어지지 않은 것을 어찌어찌 용기를 내어 말을 했다.

풀어서 나에게 줄 때 나는 눈물이 흐르면서 친구의 따뜻한 마음을 피부로 느낄 수 있었다.

목걸이는 여자라면 누구나 갖고 싶어 하는 악세사리다. 특히 금목걸이는 그 시절에 일반 서민들에게 선망의 장식품이기도 했다. 그 때 나는 차마 그 목걸이를 받을 수가 없었다. 마음만 받겠다고 하고 그 금목걸이를 춘희에게 돌려주었다.

그 일은 60년이 지난 지금도 잊을 수가 없다. 가난했던 우리는 많은 애로와 힘든 세월을 지내면서 마음 변치 않고 결혼해서 잘 살고 있다. 사회적으로 이바지하며 4남매 낳아 교육시키고 시집 장가보내는 동안 우리는 계속 우정을 유지했다.

1992년 내 남편이 수원 직장에 계실 때, 나의 친정어머니 별세 소식을 듣고 서산 친정집까지 춘희랑 연이 친구가 문상 왔다. 그 때는 교통

도 나빴다. 비포장도로에 버스도 간간이 다녔는데 그곳까지 왔다가 늦게 막차를 놓쳐서 고생을 했다며 나중에야 들었다.

또 먼저 가신 춘희남편 장례식 때도 대천까지 우리 몇 친구들이 문상을 갔었다. 이렇게 우리는 늙어 가면서 주름진 얼굴 서로 바라보며 보듬어주고 따뜻한 마음 나누며 올해 팔순까지 지내며 아직까지 친구 춘희와 전화하며 한 달에 한 번 만나고 친하게 지내고 있다.

친구야! 너의 그 따뜻한 마음 영원히 잊지 않을게. 건강해라, 친구야. 사랑한다, 친구야.

산문散文 · 2

우리 딸은 목사님

우리 딸은 목사님

목련이 흐드러지게 피었다.

보리밭 이랑에 녹색바람이 물결친다.

내년이면 우리 막내딸도 어언 지천명에 이른다.

어리다고 막내라고 늘 마음 한편에 아련히 피어나는 채송화처럼 느꼈던 막내딸이 신학을 전공하더니 목회를 하겠다고 나섰다. 남자도 어려운데 여자가 목회를 한다고 하니 우리 사위는 또 얼마나 마음이 무거울까 안쓰럽기 그지없다.

남의 마음 속을 들어갔다 나와야 하는데…, 목사는 아무나 하는 것이 아니고 소명이 있어야 하는데….

주님의 일꾼으로 지명된 내 딸을 생각하니 축하하기 이전에 걱정이 앞서고, 눈물로 범벅된 나의 심정을 형언하기 어렵다. 그러나 소명일

주님의 일꾼으로 지명된 내 딸을 생각하니
축하하기 이전에 걱정이 앞서고, 눈물로 범벅된 나의 심정을 형언하기 어렵다.
그러나 소명일진대 목회의 길을 택한 딸에게 미약하나마
힘이 되어 주리라 다짐해 본다.

진대 목회의 길을 택한 딸에게 미약하나마 힘이 되어 주리라 다짐해 본다.

성의 가운을 입고 목에 후드를 두르고 예배를 집례하는 딸의 모습을 떠올렸다. 목에 두른 후두는 장식용 머플러가 아니라. 모든 문제를 내 탓으로 여겨 십자가를 진다는 의미의 '십자가 멍에' 이다. 평생 십자가 멍에를 메고 목회의 외길을 걸어야 할 목사들의 생애가 그런 의미에서 존중되는 것이리라.

드디어 2019년 4월 8일 오전 10시 30분. 부천순복음교회 본당에서 목사 안수식이 시작되었다.

안수 받을 21명의 목사 앞에 잔이 놓여있고, 순서에 따라 딸의 머리에 성령의 기름을 고이 발라주시는 은혜에 감동의 눈물이 흘렀다. 이

영광의 축복을 어찌 축하하지 않을 수 있겠는가.

이 영광의 잔! 은혜의 잔! 축복의 잔이 넘치는 이 순간을 영원히 기억하리라.

나는 떨리는 마음으로 딸에게 꽃다발을 안겨주었다.

하늘의 소명에 충성을 다하고 생명의 면류관을 씌워주실 때, 하늘의 천군천사의 축하 팡파르가 천지에 울려 퍼지리라.

그 순간을 맞기까지 우리 딸의 목회가 부디 최고의 목회로 대박 나기를 기도한다.

입당예배

하늘이 드높고 오곡이 풍성하니 우리의 마음도 한껏 배부르다. 산야에 물들어가는 단풍도 환하고 아름답다.

2019년 10월 21일! 오늘은 우리 딸이 입당예배를 드리는 날이다. 아침에 내가 다니는 교회에서 예배를 드리고 오후 5시에 우리 딸 교회 입당예배에 참석하기로 했다.

우리 딸이 다니는 신학대학원 총장님과 동기 목사님들 내외와 친지 가족들이 모여서 조촐하게 드린 예배는 축하에 앞서 걱정이 앞선 가운데 진행이 되었다.

제 언니가 마련한 다과상과 시어머니의 플룻 연주에 이어서 손위 시누이의 반주에 시동생의 축하 노래. 목사 동기들의 축하노래 모두가 찬양에 찬양을 더하여 축제 분위기가 만점이었다. 난생 처음 보는 장면이었다. 많은 성령이 모든 성도들의 마음에 임하시기를 빌었다.

사제의 길이 멀고 험할진대 한 사람의 아픔을 치유할 수 있는 기도의 자리가 되었으면 하는 바람이다. 한 사람의 성도가 열심히 전도하여서 많은 성도들로 자리 매김할 수 있도록 나는 매일 기도하련다.

나는 감사기도를 드렸다.

“이 땅의 수많은 사람들이 하나님의 뜻을 거스르고 있을 때 길이 되는 교회가 세워지는 오늘이게 하소서.

오늘 입당예배가 하나님의 은혜임을 믿습니다.

담임목사로서 봉헌하면서 하나님의 사랑에 평화를 외치며 묵묵히 한 길 걸어가는 교회되게 하소서.”

내 딸아! 내가 간절히 기도하노니 힘 내거라. 많은 고난 가운데 있는 사람들에게 길잡이가 되고 아픔을 나눌 수 있는 예배의 자리가 되기를 빈다. 주님의 사랑으로 이루어지는 교회가 되기를 기도한다.

딸의 결혼기념일

산에는 단풍이 곱게 물들고 하늘은 높다.
단풍 구경 가는 사람들로 관광버스의 행렬이 줄을 잇고 있다.
산과 들은 울긋불긋 사람들의 물결로 장사진을 이루었다.

오늘은 10월 28일!
우리 두 부부는 큰딸 내외와 넷이서 딸의 결혼기념일을 축하하기 위해서 속초로 갔다. 딸이 결혼한 것이 엊그제 같은데, 벌써 26주년이란다. 속초는 비교적 가까워서 문득 바람 쐬고 싶을 때, 번거로운 여행준비 없이도 떠날 수 있는 곳으로 놀거리 먹을거리 가볼 곳이 많다.
우리가 갈 때는 탁 트인 시야가 기분 좋은 곳, 미시령으로 경치를 감상하며 갔다. 올 때는 정말로 오랜만에 때마침 한계령 구간이 단풍으로 물들어 절경을 연출하고 있는 곳으로 길을 택했다.

오면서 오색약수터에 들러 구경을 했다. 오색약수터 단풍은 유명하다. 역시 피크철이라 사람들이 넘쳤다. 단풍 색깔이 너무 예쁘게 물들었다. 약수터로 올라가는 길에 산채음식점과 카페들이 있었다. 우리는 잠시 카페에서 커피 한 잔씩 마시면서 쉬엄쉬엄 오색약수터를 구경하는데 사람들이 넘쳤다.

사람들로 넘쳐 나는 곳에서 늙은 우리 부부도 사진 찍으며 가을 잔치에 한 몫 했다. 아름다운 경치를 만끽하며 오다가 홍천에서 양지말에 들러 맛있는 숯불 돼지고기도 먹고 더덕이랑 총각무도 샀다.

1박 2일의 일정이지만 오랜만에 콧바람 쐬니 단풍 구경 한 번 잘 했다. 가만히 차에 타고 편히 오고 가도 나이는 어쩔 수 없나 보다. 피곤하였지만 기분이 참 좋았다.

다리 성할 때 다니라는 말이 무슨 뜻인지 알 것 같았다. 아무리 가고

사람들로 넘쳐 나는 곳에서 늙은 우리 부부도 사진 찍으며
가을 잔치에 한 몫 했다.
아름다운 경치를 만끽하며 오다가 홍천에서 양지말에 들러
맛있는 숯불 돼지고기도 먹고 더덕이랑 총각무도 샀다.

싶어도 내 발로 갈 수 없으면 어떻게 갈 것인가. 이렇게 살 수 있다는 것에 감사를 했다.

딸의 결혼기념일에 우리까지 기분을 냈다.

이튿날엔 '매디슨 카운티의 다리' 영화를 관람하니 산다는 것이 즐겁다. 그래서 나이를 먹어도, 아무리 어려워도 저승보다 이승이 낫다는 말이 또 무슨 말인지 알 것 같았다.

딸에게 고맙고 또 고마운 마음이다.

만년필

옛날에 만년필을 즐겨 쓰던 시절이 있었다.

펜에 잉크를 묻혀서 글씨를 썼다. 원고지에 글을 써서 투고도 했다.

그 시절에는 해방과 더불어 열악한 환경과 보릿고개에 먹기도 힘들었던 시절이었다. 또 6.25 사변으로 궁핍한 우리네 살림살이에 학교를 못가는 아이들이 많았다.

끼니가 없어서 남자는 남의 집에 일하러 가거나 그렇지 않으면 머슴으로 보냈다. 여자는 남의 집 애기를 보는 일과 식모살이를 하거나 혹은 공장으로 보냈다. 그나마 학교라도 다닐 수 있었던 아이들은 큰 행운아였다.

또 그 시절에 중・고등학교까지 배웠으면 큰 축복이었다.

내가 중학교에 다닐 때는 문화가 발달하지 못하여 예쁜 속치마나 브래지어 같은 것을 하고 다닌 사람이 없었다. 그러나 나는 어머니가 시

끼니가 없어서 남자는 남의 집에 일하러 가거나
그렇지 않으면 머슴으로 보냈다.
여자는 남의 집 애기를 보는 일과 식모살이를 하거나 혹은 공장으로 보냈다.
그나마 학교라도 다닐 수 있었던 아이들은 큰 행운아였다.

장 포목상에 가서 인조를 사다가 손수 만들어 주신 속치마를 교복 속에 입고 다녔다.

브래지어는 꿈도 못 꿨다. 브래지어 대신 광목으로 치마 말기처럼 만들어서 가슴을 여미고 다녔다. 구멍 난 양말은 고장 난 전구를 이용해서 천으로 깁고 실로 꿰매어 신었다.

얼마 후 나일론 양말이 나와서 얼마나 좋았는지, 나일론 양말을 신은 사람은 그 자체가 자랑거리였다.

치약도 없던 시절이었다. 고운 소금으로 이를 닦다가 사자표 치분이 나와서 이를 닦았다. 그것도 생활이 좀 나은 사람의 일이고 가난한 사람들은 그림의 떡이었다.

결혼할 때, 패물은 부잣집에서나 했는데 신부에게는 금반지 정도 해 주었고 신랑에게는 시계나 그렇지 않으면 만년필을 꼽아 주었던 기억이 난다. 최신식 파카 만년필은 선망의 대상이었다.

나는 요즈음 성경을 쓰고 있다. 볼펜으로 쓰다가 마땅하지 않아서 몇십 년 전에 선물로 받은 파카 만년필이 생각나서 잉크를 넣어 쓰기 시작하니 감회가 새롭다. 잉크를 넣어가며 쓰니 옛날로 돌아간 느낌도 나고 컴퓨터니 스마트폰이니 하는 요즘 세상에 살면서 호랑이 담배 먹던 시절같이 나는 옛날로 돌아가서 살고 있다.

한 자 쓸 때마다 무성 영화시절과 유성기로 노래를 들었던 시절의 그 기분이 들어서 과히 나쁘지는 않다. 요즘 한참 만년필을 애용하고 있다 보니 내가 별난 사람인가 하는 의구심마저 들며, 그러거나 말거나 나 혼자의 향수에 젖어 살고 있다.

사람의 마음

봄 여름 가을 겨울 자연의 섭리 앞에 인간은 나약하기만 하다. 아무리 과학이 발달하고 새로운 문명 속에 살고 있지만 인간의 마음은 알 수가 없다. 오죽했으면 옛 성현들이 '열 길 물속은 알아도 한 치 사람 마음은 알 수가 없다' 고 했을까?

마음 속으로 가까운 사람이 있는가 하면, 아주 멀리 있는 사람이 있다. 태어나서 클 때까지 동네에서 같이 자란 친구들, 초등학교 중학교 고등학교 대학교…, 무수한 인연 속에서 우리는 살고 있다.

어른이 되면 직장에서 사회에서, 또 결혼을 하면 생판 모르는 사람이 가족이 되고 그로 인해서 아는 사람도 늘어간다.

그 중에 마음을 터놓고 이야기할 수 있는 사람이 있는가 하면 조심스러운 사람이 있다. 사귀다 보면 불편한 사람, 가깝게 친할 수 있는 사람, 많은 사람들 속에서 아우르며 살아가는 것이 쉬운 일이 아니다.

몇 십 년 동안 변치 않고 오랫동안 사귀었던 친구가 어느 날 갑자기 소원해지면 마음이 허허롭고 아프다. 이유도 모르고 소외당하는 그 기분은 씁쓸하다. 물론 상대편에서는 이유가 있었겠지만 그 이유를 대화로 풀어야 하지 않을까.

그래서 서로 다독이면서 핑크빛 머플러로 한 자락 덮어주는 것이 우정이 아닐까. 그래서 서로 어려울 때 콩 한쪽이라도 나눌 수 있다면 얼마나 다행일까? 받는 거보다는 주는 것에 기쁨이 더 큰 것을 알진대….

친하다고 하는 사람이 본인이 없는 자리에서 그 사람에 관해서 이야기를 하면 어찌 되겠는가? '발 없는 말이 천리를 간다' 고 했듯이 그 말이 돌고 도는 동안 부풀어서 본인에게 들어가면 그 실망을 어찌 하겠

그래서 서로 다독이면서 핑크빛 머플러로
한 자락 덮어주는 것이 우정이 아닐까.
그래서 서로 어려울 때 콩 한쪽이라도 나눌 수 있다면 얼마나 다행일까?
받는 거보다는 주는 것에 기쁨이 더 큰 것을 알진대….

는가.

그런데 요즘 나는 사람에게 감동을 받은 일이 있다. 같은 아파트에 사는 젊은 엄마와 알고 지내다가 내가 쓴 책을 편지함에 넣어 주었더니 며칠 후에 감명 깊게 열심히 읽었노라고 하면서 열한 살짜리 아들이 읽고 나서 같은 아파트에 작가가 살고 있다는 것에 긍지를 느낀다고 전해 들었다.

나는 너무 고맙고 감사했다. 특히 열한 살짜리 아들이 책을 읽었노라고 해서 또 한 번 놀랐다.

며칠 뒤에 젊은 엄마에게서 문자가 왔다. 우리 현관문에 청포도 한 아름을 걸어놓았다고…. 나는 감사히 먹으면서 이렇게 따뜻한 이웃이 있다는 것에 고마웠다. 사람이 세상에 태어나 살면서 착한 일 못한 일 모두 하나님 수첩에 다 적혀 있다는 것을 마음에 새겼다.

사람의 마음!

세상에서 제일 어려운 것이 있다면 아마도 사람의 마음을 얻는 일이 아닐까? 수많은 사람 중에 가족으로 친구로 동료로 인연이 되어서 신뢰를 얻는 것은 오랜 시간 정성을 들여야 하고, 이미 누군가의 마음을 얻었다는 것은 삶의 많은 이유 중에서 가장 큰 의미를 찾았다는 것이 되겠다.

조건 없이 좋아하는 마음이 생기고 가진 것들을 대가 없이 공유하고 싶어지는 것이 사람의 마음 아닐까?

아침이 오면 누가 먼저랄 것도 없이 서로 안부를 묻고, 밤새 새로운 정보를 공유할 수 있음에 행복한 하루를 시작하고, 그렇게 늘 함께함에 서로 소중함을 생각하는 하루가 되었으면 좋겠다.

산문散文 · 3

추억을 줍다

다듬잇돌

옛날에는 집집마다 다듬잇돌이 있었다. 이불 호청을 손질할 때, 광목이나 무명으로 된 것은 풀을 먹여서 볕에 적당히 말려 다듬잇돌에 올려놓고 방망이로 두들기면 주름살도 펴지고 반질반질 매끄럽게 된다.

솜을 두둑하게 넣어서 이불을 만들고 호청을 만들어 끼워서 덮었다. 이불이 얇으면 새벽쯤 방이 식어서 움츠리고 자곤 했다. 그러나 부지런한 부모님은 새벽 일찍 부엌으로 나가 군불을 때고, 큰 가마솥에 물을 데워 온 식구가 세수를 하던 시절을 지금 젊은 사람들은 모르리라.

세월이 조금 지나다 보니 집집마다 연탄아궁이 옆 솥과 솥 사이에 새우젓 독을 묻어놓고 그 안에 물을 가득 부어 놓으면 따뜻한 물을 항상 쓰곤 했다. 큰 가마솥에 물을 데우고 항상 쓰는 물은 그 물로 쓰곤 하는 지혜를 발휘하곤 했다.

옛날에는 집집마다 다듬잇돌이 있었다.
이불 호청을 손질할 때, 광목이나 무명으로 된 것은 풀을 먹여서
볕에 적당히 말려 다듬잇돌에 올려놓고 방망이로 두들기면
주름살도 펴지고 반질반질 매끄럽게 된다.

지금은 스위치만 누르면 뜨거운 물과 찬물을 마음대로 사용하고 있다. 아파트나 단독 주택에서 편리한 삶을 살고 있는 현대인들이 어찌 옛날 어른들이 고생하던 시절을 상상이나 할 수 있겠는가?

고무장갑도 없던 시절 빨래하는 그릇에 뜨거운 물을 부어 들고 개울가나 둠벙(방죽)으로 가서 빨래 방망이로 얼음을 깨고 빨래할 때 빨래 방망이가 부러지기도 하고 손이 터서 피가 나던 그런 시절을 살았다.

명절증후군이니 김장증후군이니 하는 말은 호사스런 말이었다. 그 시절의 아낙네들은 불평도 없이 굶지 않고 먹고 사는 것만이 행복이라 생각하고 살았다.

집집마다 시집 갈 나이에 이른 처녀가 있으면 광목을 통으로 사서 큰 솥에 잿물을 넣고 삶아서 냇가에서 빨아 널고 다시금 물을 축여 널었

다. 하얗게 될 때까지 수십 번의 번거로운 일을 반복해서 풀을 먹여 다듬잇돌에 올려놓고 방망이로 두들겨서 반들반들 윤이 나는 천을 이불 호청으로 쓰곤 했다. 처녀들의 혼수 품목으로 수를 놓기도 했다.

그 외에도 책상보 횃대보 양복 덮개 등 쓸모가 많았다. 어머니들은 혼수준비에 마음을 다하고 앞치마 적삼 속바지 버선 등, 챙겨 보내는 것이 많았다.

딸이 시집가면 며느리 본 집에서 시어머니가 집에 오는 사람마다 며느리가 해 온 혼수를 꺼내어 사람들한테 보이곤 했다. 어느 집 며느리는 저고리가 몇 죽(10개가 한 죽), 치마가 몇 죽 하면서 며느리 잘 얻었다고 자랑이 이만 저만 아니고, 못해 가지고 간 며느리는 몸 둘 바를 몰라 주눅이 들어서 시집살이를 했다.

시집 식구들 돌아가며 버선이라도 한 켤레씩 돌려서 말막음을 하던

하얗게 될 때까지 수십 번의 번거로운 일을 반복해서
풀을 먹여 다듬잇돌에 올려놓고 방망이로 두들겨서 반들반들
윤이 나는 천을 이불 호청으로 쓰곤 했다.
처녀들의 혼수 품목으로 수를 놓기도 했다.

까마득한 이야기다.

우리 집에도 다듬잇돌이 항상 문 앞에 놓여 있었다.

울음산 밑에 집이 있어서 여우가 난동을 하고 동네방네 돌아다니곤 하면 우리는 이불을 덮어쓰고 무서워서 떨곤 했다.

우리 할머니는 여우가 울면 다듬잇돌을 들었다 놓았다 하면서 "너 죽을 날 나 안다" 하는 말을 21번씩 외쳤다. 그 말의 의미가 효과가 있는지 모르지만 항상 그렇게 하시고 버들고리에 붉은 팥 21개를 넣어 여우 우는 쪽을 향해서 "너 죽을 날 나 안다" 하시던 기억은 몇 십 년이 흐른 지금도 생생히 기억된다.

부엌문이 없는 허술한 집 부엌으로 여우가 들어가서 배고픔을 달래기 위해 부엌을 난장판을 만들곤 했다. 다행히 우리 집은 부엌문이 있

어서 그런 일은 없었다.

호청을 다듬는 데도 쓰고 여우 쫓는 것으로도 사용했던 다듬잇돌! 지금은 박물관에서 골동품으로나 볼 수 있는 다듬잇돌! 가물가물 사라진 방망이 소리가 그립다.

그 후 여우가 드나들던 울음산 돌구멍에 불을 놓아 새끼랑 어미가 모조리 뛰쳐나와 다 잡았다. 그 뒤로는 여우의 방패막이 되었던 다듬잇돌은 옛이야기가 되어 아련한 추억이 되었다.

안녕히 죽으세요

4월이면 보리 새싹이 뾰족뾰족 땅위로 올라오고 청보리 축제가 열린다. 싱그럽게 일렁이는 청보리 물결 풍경은 한 폭의 수채화처럼 아름답다. 어렸을 적에 자운영 꽃이 곱게 핀 논둑길에서 삐비 뽑던 추억은 팔십이 가까운 나이에도 엊그제처럼 선하게 기억된다.

내가 어릴 때, 시골 길은 지랑풀이 많았다. 그 억세고 질긴 지랑풀에 얽혀 넘어지면서도 우리는 하얀 줄기를 뽑아 먹곤 하였다. 간식이 없던 시절이라 산에 가서 까치시영(까치수염)을 뽑아 먹었다.

진달래꽃을 따러 산에 가면 용천백이(문둥병자)가 어린 아이 간을 먹으면 낫는다는 전설이 머리에서 뱅뱅 돈다. 그러다가 갑자기 나타난 용천백이를 만나면 신발도 벗어 던지고 온 힘을 다해서 집으로 달려오던 어린 시절의 추억은 지금 시대에 사는 어린이들은 이해가 안 될 것이다.

한편, 내가 어렸을 때 우리 아버지는 작은 집을 두셨다. 또 그 당시에는 정치가나 혁명가들은 여자가 많이 따랐다. 정치가인 우리 아버지도 예외는 아니었다. 그로 인하여 우리 가정은 화목하지 못했다.

맏딸인 내가 아홉 살이고, 내 여동생이 여섯 살, 남동생이 한 살이었다. 뿐만 아니라 우리 아버지는 일본 유학생활에서 7년이란 세월을 보내는 동안 우리 어머니는 독수공방에 자전거를 타고 군청에 출근하는 신여성이었다.

하루는 어머니가 내 여동생을 데리고 십리나 되는 풍전저수지로 가셨다. 큰 딸인 나와 아들인 남동생은 집에 두고 여동생만 데리고 풍전저수지에 빠져 죽으러 가셨던 것이다.

그 때, 동생은 벌벌 떨면서 나에게 말했다. 생전 처음 그렇게 많은 물을 보았다며 그 시퍼런 물이 무서웠다고 했다. 어머니께서는 동생에게

하루는 어머니가 내 여동생을 데리고
십리나 되는 풍전저수지로 가셨다.
큰 딸인 나와 아들인 남동생은 집에 두고
여동생만 데리고 풍전저수지에 빠져 죽으러 가셨던 것이다.

"아버지가 첩을 얻어서 살 수가 없으니 너랑 죽자" 고 하자 동생은 어린 마음에 얼마나 무서웠는지 신발을 벗어 들고 뛰면서 "엄마! 안녕히 죽으세요" 하고 뒤도 안 돌아보고 허겁지겁 맨발로 뛰었다고 했다.

어머니께서는 동생이 뛰어가는 것을 보고 저렇게 철없는 것도 죽기 싫어서 엄마보고 "안녕히 죽으세요" 하며 도망치는구나 싶어 기가 막혀서 그냥 집으로 돌아오셨다고 했다.

그런 세월 속에 아버지는 쉰 살에 짧은 생을 마감하셨다.

그 후, 어머니는 우리 삼남매를 잘 키워서 결혼시키고 여든셋까지 사셨다. 우리 삼남매는 돌아가신 지 오래된 부모님을 생각하며 친정에 모여서 옛 이야기하며 하루를 보냈다.

지금도 선명히 떠오르는 부모님!

보고 싶은 아버지! 어머니!

추억을 줍다

경칩을 3일 앞두고 콧바람 쐬러 가자는 큰딸 내외랑 추억을 찾아서 춘천을 갔다.

신혼 초에 남편 직장 따라 춘천에서 13년을 사는 동안 우리 아이들을 다 그곳에서 낳았다. 우리 부부는 충청도가 고향이지만 우리 아이들은 강원도가 고향이다.

오랜만에 참으로 오랜만에 춘천을 떠나온 뒤로 두 번째 나들이다.

첫 번째는 바쁜 일정으로 내가 살던 곳을 자세히 둘러보지 못했지만 오늘은 옛날 길이 아닌 새로 뚫린 길로 춘천을 갔다.

아침 일찍 태극기를 계양하고 떠난 길이 정오가 다 되어 도착했다. 마침 점심때가 되어서 소양강 근처에 있는 닭갈비집으로 갔다. 주위에는 승용차들이 장사진을 이루었다.

오늘이 삼일절이라 공휴일도 되지만, 어찌 그렇게 일찍부터 사람들 우리는 내가 집을 짓고 살았던 효자동으로 갔다.
효자동 입구에 있던 우체국은 그대로인데 모든 것이 바뀌었다.
더듬더듬 기억을 붙잡고 변전소가 있던 골목으로 갔다.
변전소 있던 자리에는 새로 집들이 다 들어서고 낯설기만 하다.

이 많이 왔는지 대기실에서 기다렸다가 마이크를 통해 불러야 자리에 가서 앉을 수 있었다.

모두들 경제가 어렵다고 아우성이지만 잘 되는 곳도 있는 것 같아 한편 다행이라 여겨진다. 얼마 쯤 지나자 두세 사람씩 자리를 비웠다. 우리는 운 좋게 창가에 자리를 잡았다.

닭갈비, 빙어튀김, 감자전으로 입맛을 돋우고, 김가루 넣고 참기름에 깨소금 솔솔 뿌려서 밥까지 볶아 먹으니 별미였다.

잠시 후, 우리는 내가 집을 짓고 살았던 효자동으로 갔다. 효자동 입구에 있던 우체국은 그대로인데 모든 것이 바뀌었다. 더듬더듬 기억을 붙잡고 변전소가 있던 골목으로 갔다. 변전소 있던 자리에는 새로 집들이 다 들어서고 낯설기만 하다.

조금 더 올라가 보니 내가 우리 아이들을 낳고 키우던 곳이 보이자

가슴이 뭉클했다. 내가 지은 집은 다행히 바뀌지 않았고 그대로여서 반가웠다. 그 밑에 있던 집은 헐려서 공터로 있다.

우리가 살던 집을 살펴보니 내가 쓰던 장독대도 그대로 있고, 옆에 목욕탕과 연탄광까지 그대로다. 화장실도 그대로 있다. 그 앞에 성자네 가는 길도 변하지 않고 그대로다. 반백년이 넘는 세월 속에서도 그 자리에 그대로 남아 있는 우리 집을 보니 반갑기도 하고, 하도 신기해서 폰에 사진을 찍어 아이들에게 전송했다.

우리 큰 아들과 막내딸이 사진을 보고 "정말 우리 집이네" 하고 기억을 하면서 기뻐했다. 그 아이들이 어느새 중년을 넘어섰으니 세월의 빠름을 실감했다.

우리는 옛날에 살던 집이 그대로 있는 것을 보자 마음이 따뜻했다. 그 기분으로 공지천에 있는 에티오피아 커피점에 가서 차를 마시며 지 그 아이들이 어느새 중년을 넘어섰으니 세월의 빠름을 실감했다.
우리는 옛날에 살던 집이 그대로 있는 것을 보자 마음이 따뜻했다.
그 기분으로 공지천에 있는 에티오피아 커피점에 가서 차를 마시며
지나간 세월을 돌아보았다.

나간 세월을 돌아보았다.

아이들이 스케이트대회를 하던 모습도 생각났다.

이곳은 하일레 슬라세 에티오피아 황제가 1968년 명명하신 에티오피아 벳(집) 황실 원두가 한국 원두커피의 원조가 되었다고 한다. 6.25 한국전쟁 참전국의 일원으로 일반 군대가 아닌 에티오피아 황제의 근위병을 춘천일대의 중동부 전선에 참전시켜 총 253회의 전투에 참여하였다고 한다.

잠시 후, 우리는 그곳을 떠나 가평과 강촌을 지나 콧바람을 쐬고 지나간 추억을 줍고 돌아왔다.

아버지의 노래

우리 아버지는 내가 아주 어렸을 때 초등학교도 아직 들어가기 전에, 아니 해방이 되기 전에 나에게 이런 노래를 가르쳐 주셨다.

꽃 피고 새 우는 어여쁘게 싹트는
천진난만한 우리나라 어린이
다 같이 손목 잡고 노래 부르자

나는 무슨 뜻인지도 모르면서 아버지께 노래를 배우고 따라서 불렀다. 그 당시 우리 아버지는 독립운동을 하셨다.

그 시대는 가난했다. 문명 모두가 발달하지도 못하고 어른들이 노래를 부른다거나 그런 일도 없었다. 어른들이 노래를 부르는 것도 들어본 적이 없던 때다.

그 시대는 가난했다.
문명 모두가 발달하지도 못하고 어른들이 노래를 부른다거나 그런 일도 없었다.
어른들이 노래를 부르는 것도 들어본 적이 없던 때다.
아버지는 외몽고의 서울 장가구에서 독립운동을 하셨다.

아버지는 외몽고의 서울 장가구에서 독립운동을 하셨다.

나중에 알았지만 이범석 장군에게 군자금을 보내드린 것도 내가 큰 후에야 알았다.

이범석 장군은 일제강점기 때의 독립운동가이자 정치인이다. 그는 고등보통학교 재학 당시 중화민국으로 망명하여 독립운동에 참여했던 분이다. 우리 아버지도 독립운동가의 한 사람으로서 그 절실함 때문에 나에게 노래를 가르쳐 주신 것이다.

아버지는 내가 중학교에 들어가기도 전에 벽에다가 붓글씨로 여자 중학교 교가를 써서 가르쳐 주셨다.

그 시대는 집집마다 아이들을 학교에 보내기가 어려웠다. 그보다 먹고 살기에 바빴다. 남자나 여자나 배움에 대하여는 언감생심, 더더구나 여자들은 꿈도 못 꿨다.

남자 아이는 부잣집 머슴이나 심부름하는 일로 보내고, 여자 아이들은 식모나 아이 보는 일로 남의 집에 보내어 밥이라도 얻어먹고 끼니를 해결했다.

우리 아버지가 일본에서 공부할 때, 우리나라가 가난하고 발전하지 못한 것이 한恨이 되어서 생각하기를 우리나라가 발전하고 부흥하는 길은 오직 교육이라는 것을 명심하고 여자나 남자나 배워야 한다는 일념으로 자녀교육에 힘쓰셨다.

그리고 우리 아버지는 우리 고장에 있는 서산여자중학교 교가를 작사하여 지금까지 그 교가를 부르게 하고 있다. 여기에 그 서산여자중학교 교가의 가사를 옮겨 본다.

높고 높은 옥녀봉 백설과 같이

우리 아버지가 일본에서 공부할 때,
우리나라가 가난하고 발전하지 못한 것이 한이 되어서 생각하기를
우리나라가 발전하고 부흥하는 길은 오직 교육이라는 것을 명심하고
여자나 남자나 배워야 한다는 일념으로 자녀교육에 힘쓰셨다.

순결한 우리 정신 우리 부도를
전심전력 다하여 수련합시다
어서 가자 자매들아 서산여중
우리들은 대한의 광영이란다

나는 초등학교 시절에 벌써 아버지께 서산여자중학교 교가를 배웠다. 우리 자매는 물론 사촌 언니들을 비롯하여 그 교가를 부르면서 학교를 다녔다.

뿐만 아니라 우리 남동생의 딸들과 손녀딸들도 대대로 할아버지가 지으신 교가를 부르며 서산여자중학교를 다녔다. 그 아이들은 할아버지 얼굴도 모르지만, 우리 할아버지가 지으신 교가라고 뽐내며 긍지를 갖고 살아왔다.

이제 내 나이 황혼에 들어섰다.

향학열이 높고 독립운동가로 우리나라를 사랑하신 우리 아버지!

지금도 선명하게 기억나는 훤칠한 우리 아버지! 그립다.

7박 9일의 여정

오랜만의 여행이다. 자주 가는 여행도 그렇지만 마음이 들뜨기는 젊은 사람이나 나이 든 사람이나 똑 같으리라 생각한다.

아침 9시 40분, 태국행 비행기에 올랐다.

새벽 2시 반부터 설치며 준비해서 새벽 3시에 인천공항으로 향했다. 처음 가는 제2터미널은 생소하기까지 했다. 사위가 내비를 찍고 안내하는 대로 따라갔다.

나이 드니 여행도 자주 못 가게 된다.

다리에 힘도 없고, 여기 저기 아프니 불안해서 자식들이 허락하지 않는다. 이번 여행은 우리 큰딸이 보호자가 되어 모든 것을 큰딸의 지시에 따라 움직였다. 가방 골프채 짐이 많다.

아무리 경기가 어렵다고 해도 공항에 와 보니 사람들로 인산인해를 이루었다. 우리는 다행히 세 사람 다 마일리지로 가게 되어서 공짜 여행이다.

길게 늘어선 사람들이 어디를 그렇게 가는지 젊은이와 아이들이 대부분이고 나이 든 사람은 가끔 눈에 띌 정도다. 우리는 한국이 너무 추워서 따뜻한 곳 태국에 가서 좀 있다 올 작정으로 집을 나섰다.

방콕공항에서 2시간을 더 가서 서북쪽에 위치한 실버우드라는 호텔 겸 리조트에 짐을 풀었다.

새소리 지저귀고 꽃들이 만발이다. 천국이 이곳인가 할 정도다. 종이꽃이 아름답다. 더운 지방이라 모든 것이 풍성해 보였다.

여장을 풀고 이곳에서 골프 치고 과일 먹고 힐링했다. 딸의 배려에 발마사지 전신마사지 받고, 책도 읽고, 졸리면 자고 더우면 에어컨 키며 그야말로 팔자 늘어지게 지냈다.

태국왕의 여름 별장을 갔다. 그곳 아유타야 방파인 여름 별궁에 입장 우리는 아유타이 유적을 돌아보았다.
미얀마의 전쟁에서 자기나라도 불교 국가이면서 태국의 불상들의 목을 다 쳐서 없앴다.
다행이 불상 하나가 나무뿌리 안에 목만 있는 광경이
그나마 관광객들의 볼거리로 아픈 역사의 한 장면이 아닐 수 없었다.

하려면 입장료를 내야 하고 짧은 바지로는 입장이 안 된다.

이곳 별궁은 이태리식, 고대 중국식, 그리스식 건물 등, 각기 다른 형태의 모양으로 지은 별궁이라 별궁을 한 바퀴 돌다 보면 각기 다른 분위기를 체험을 할 수 있었다.

모든 것이 자유롭지만 민소매나 반바지차림이나 슬리퍼차림은 입장 불가였고, 민소매일 경우 보자기로 가리고 가는 것은 허용이 되었다. 국왕의 별장이라 국왕에 대한 예의인 것 같았다.

우리는 아유타이 유적을 돌아보았다. 미얀마의 전쟁에서 자기나라도 불교 국가이면서 태국의 불상들의 목을 다 쳐서 없앴다. 다행이 불상 하나가 나무뿌리 안에 목만 있는 광경이 그나마 관광객들의 볼거리로 아픈 역사의 한 장면이 아닐 수 없었다.

남파야 수산시장을 구경하고 그 자리에서 망고주스 사먹는 즐거움이 컸다. 날마다 여름 과일로 비타민을 많이 섭취하고 삼시 세끼 밥 안 해 먹으니 그렇게 즐거울 수가 없었다.

집에 돌아와서, 또 오며 가며 자식들 옹기종기 모여 사니 이 또한 늘그막에 복이 아닌가 싶다. 이제 우리 두 내외 몸 추스르며 건강 챙기며 열심히 살아가리라.

산문散文 · 4

인생은 나그네 길

나무

눈을 들어 산을 본다.

우리 집은 산에 가까이 있기 때문에 아침에 일어나면 창문을 열고 제일 먼저 바라보는 곳이 산이며 산에 있는 나무들이다.

나무가 흔들리면 '바람이 불고 있구나' 하고, 나무가 움직이지 않고 그대로 있으면 '오늘은 바람이 불지 않으니 덥겠다' 하면서 나 나름대로 날씨에 대한 점을 치곤 한다.

도시에서 살다가 시골로 이사를 오니 불편한 점이 한두 가지가 아니다. 우선 서울을 가려고 해도 교통편이 번거로워서 짜증이 날 때도 있었다. 그러던 것이 여기에서 10여 년 환경에 적응하다 보니 공기가 좋아서 어쩌다가 서울을 가도 복잡한 환경에 가슴이 답답하고 빨리 집에 가고 싶은 마음뿐이다.

사람은 환경에 적응하게 마련인가 보다.

내가 어렸을 때, 아니 내가 시집가기 전까지
내가 살던 나의 고향 우리 집에는 넓은 정원이 있었다.
측백나무 울타리에 대문 중문이 있고 들어오는 길옆에는
채송화가 예쁘게 피어 있던 기억이 있다.

봄이 오면 봄대로 산을 보아 알 수 있고, 여름이면 나무들의 무성함을 보고 여름을 만끽할 수 있어서 좋다. 가을이면 아름다운 단풍으로 마음의 활력소를 찾고, 겨울이면 눈 덮인 산야를 보면서 나마저 거기에 빠져 들어 가는 느낌을 안고 살고 있다.

내가 어렸을 때, 아니 내가 시집가기 전까지 내가 살던 나의 고향 우리 집에는 넓은 정원이 있었다.

측백나무 울타리에 대문 중문이 있고 들어오는 길옆에는 채송화가 예쁘게 피어 있던 기억이 있다. 그 때 우리 아버지는 논 한 섬지기의 값에 해당하는 돈을 들여 정원을 꾸몄다고 하셨다.

아무렇게나 나무를 심은 것이 아니고 일본서 대학을 다니신 아버지는 조경에 일가견이 있으셨다. 귀한 나무들과 정원석을 들여와 정원을 짜임새 있게 꾸몄다.

소나무를 비롯해서 향나무 전나무 백목련 자목련 홍도화 영산홍 백진달래 모란꽃 작약 불도화 매화 밥풀데기 목백일홍 수국 회양목 나박등, 일일이 열거할 수 없이 많은 나무가 있었다.

장명등을 세우고 정원석과 영산홍을 예술적으로 배치하여 아름답게 꾸며 놓았기에 구경 오는 사람들이 많았던 것으로 기억된다.

우리 집 뒷동산에는 대밭이 있었다. 그 앞에 오동나무 앵두나무 감나무 능금나무가 있어서 바람 부는 날이면 서걱거리는 소리에 간담이 서늘했다.

뒤란 장독대에는 일년생인 봉숭아꽃, 분나무, 금송화, 백일홍, 채송화가 예쁘게 피었다. 뒷산 울음산에는 큰 나무가 많아서 오월 단옷날에는 그네뛰기 대회가 해마다 열리곤 하여 부녀자들의 즐거운 행사 중

뒤란 장독대에는 일년생인
봉숭아꽃, 분나무, 금송화, 백일홍, 채송화가 예쁘게 피었다.
뒷산 울음산에는 큰 나무가 많아서 오월 단옷날에는
그네뛰기 대회가 해마다 열리곤 하여 부녀자들의 즐거운 행사 중에 하나였다.

에 하나였다.

그 옛날 예식장이 없던 시절, 우리 대청을 이용해 혼례를 치르고 사진을 찍고 했던 기억은 지금도 생생하다.

내가 고등학교 2학년 때 많이 아파서 두 달 동안을 학교에 결석했다. 그때 반 친구들은 물론 선생님들까지 병문안을 오셨다.

그때 영어 선생님이신 조성희 선생님께서 "너는 이런 환경이 너무 행복해서 아플 수밖에 없다" 고 하신 말씀이 지금도 생생하다.

가을이면 우리 집 앞뜰과 뒤뜰에 있는 나무를 20여 일 동안 전지를 했다. 지금까지도 한국명 이름은 모른 채 구모가와 상이라고만 알고 있는 아저씨가 아들을 데리고 와서 우리 집 정원에 있는 나무들을 전지했다.

그분 아들은 귀가 어두웠다. 좀 모자란 듯해 보였다. 그러나 전지 솜씨는 좋았다. 전지한 나무들을 잘 정리하여 산더미같이 쌓아 놓으면 그 나무들을 말려서 땔감으로 쓰곤 했다.

지금은 산을 깎아서 건물과 아파트를 지으니 나무가 없어지고 신선한 공기마저 줄어드는 실정이 안타깝기만 하다.

이러다가는 옛날 언제처럼 물도 사먹는다고 했을 때, 누가 물을 사먹느냐고 말한 적이 있었는데 그 말이 예언인 듯 나도 지금 물을 사먹고 있지 않은가? 머지않아 공짜인 공기까지 사 마신다고 할까 봐 노파심에서 나무의 소중함을 알아야 하리라고 생각해 본다.

조기퇴근

사계절이 있어서 참 좋은 우리나라다. 봄이면 산수유 진달래를 비롯하여 온갖 꽃들이 활짝 웃어주고, 여름이면 울창한 숲과 시원한 바다가 젊음을 노래하고, 가을이면 황금들판에 오곡이 풍성하고 신토불이 특산물로 먹을거리가 푸짐하며, 들과 산이 온통 아름다운 단풍으로 볼거리도 많다.

이렇게 아름답고 좋은 나라에 살면서도 사람들은 고마움을 깜빡 잊고 때때로 간사한 마음이 꿈틀거린다.

여름이 오면 없는 사람들 살기는 좋지만 장마와 땡볕에 시달리다 보면 짜증을 내고 이내 겨울이 좋다고 한다. 그러다가 또 겨울이 오면 여름이 좋다고 말한다.

어느 봄날, 내가 살고 있는 아파트에 장이 섰다. 사철 매주 화요일마다 장이 선다. 화요일이면 이른 아침부터 저마다 일찍 나와서 자리를 잡고 밭에서 갓 뽑아온 푸성귀를 정돈하고 나면 딱 재래시장 분위기다. 옛날 생각도 나고 정감이 간다. 뿐만 아니라 마트에 비하여 물건들이 싸고 덤이란 것도 있어서 좋다.

마트의 장보기는 말이 필요 없다. 가격표가 붙은 필요한 품목만 골라 장바구니에 담아 계산대에서 현금이나 카드로 결제를 하면 된다. 그러나 재래시장에 가면 대화를 하게 된다.

때마침 봄철이라 신선한 채소가 많이 나왔다. 봄철 미각을 돋우는 달래를 샀다. 달래에다 파래를 넣고 갖은 양념으로 버무리면 파래의 상큼한 향기와 더불어 식구들이 즐겨 먹는다.

달래는 머리가 동그란 것이 좋다고 하여 잘 골라서 샀다. 파래를 찾으니 눈에 보이지 않았다. 푸성귀 파는 아주머니에게 물으니 “조기퇴

푸성귀 파는 아주머니에게 물으니 "조기퇴근했어요" 한다.
나는 잠시 생각하다가, 아! 파래가 일찍 팔렸다(퇴근)는 풀이를 했다.
"다 팔렸네요" "다 떨어졌어요"가 일반적인 대답일진대
파래가 조기퇴근했다고 하니 얼마나 유머스런지 웃음이 나왔다.

근했어요" 한다. 나는 잠시 생각하다가, 아! 파래가 일찍 팔렸다(퇴근)는 풀이를 했다.

"다 팔렸네요"

"다 떨어졌어요"가 일반적인 대답일진대 파래가 조기퇴근早期退勤했다고 하니 얼마나 유머스런지 웃음이 나왔다.

오래 전 일이다. 예산에 있는 덕산시장에 갔을 때다. 봄이었다. 사과가 많이 나와 있어서 "이 사과 맛이 있어요?" 하니 주인이 충청도 사람인지라 한참을 뜸을 들이고 나서, "암체면 갈 같간?"(아무려면 가을 같을까요?) 했다. 그 말을 되새겨 보니, 충청도 말 같지 않게 대답한 것이 오래도록 내 머리 속에 남아있다.

또 몇 십 년 전 일이다. 우리 남편이 화순에서 1년 동안 계셨을 때, 음

식점에 갔을 때다. 그 음식점은 단골식당이다. 남편이 식사 도중에 "아주머니 마늘 좀 주세요" 하고 한참을 기다리다가 재차 말하니 "아, 네 갖다 드릴께요"가 아니라 "제가 망각했어라우" 하면서 문자를 써서 유식하게 대답하는 그 아주머니도 지금껏 기억 속에 남아 있다.

이렇듯 때로는 말이 되든 안 되든 사람들의 유머가 우리들이 살아가는 데 웃음을 주어 활력소가 되기도 한다.

무뚝뚝한 말보다는 한 마디라도 정감과 애교스런 말이 우리네 삶에 큰 힘이 된다는 것을 느끼며 살고 있다.

야유회

맑게 개인 하늘이 아름답다.

오늘은 우리 교회에서 시니어들을 위해서 야유회를 가는 날이다.

광명에 있는 KTX에서 점심을 먹고 부천에 있는 생태공원에 갔다.

1년에 두 번 봄가을로 시니어들을 위해서 교회의 배려로 하나님을 섬기는 나이 든 사람들을 위한 연례행사다.

부천 생태공원은 봄에 백만 송이 장미원에서 장미축제를 한다.

식물원과 자연생태박물관 수목원이 함께 있다.

수목원을 돌아보았다.

수목원 식물에 거의 이름표를 달아놓아서 참 좋았다.

내가 좋아하는 조팝나무와 배롱나무도 있다.

꽃길도 걸었다.

많은 사람들이 사진 찍느라 부산했다.

모두들 나이 들어서 비록 봄은 말을 듣지 않아 지팡이를 짚고 갔지만 모자도 예쁘게 쓰고 선글라스를 쓰고 나들이에 한껏 뽐내는 시니어들의 틈에 나도 끼었다.

버스 안에서 갖은 정보와 재미있는 얘기로 잠시 즐거움을 더했다. 주름진 얼굴이지만 포즈를 취하며 사진을 찍는 모습에 내 어릴 때 소녀 같은 감성이 묻어나곤 했다.

우리 시니어들이 처음부터 늙은 것은 아니지 않은가?

우리도 풋풋하고 젊은 시절이 있었다는 것을 알아야 한다.

세월의 흐름을 누가 막을 수 있으며 자연의 섭리 앞에 누가 거역할 수가 있겠는가?

하루의 콧바람이지만 우리가 살아가는 데 충전이 된다고 생각한다.

주님 감사합니다. 야유회를 허락하신 주님께 감사 또 감사드립니다.

인생은 나그네 길

사람이 태어나는 것은 내 마음대로 태어나는 게 아니고 주어진 대로 나고, 또 이 세상에 오는 것은 순서에 따라 오지만 가는 것은 순서가 없다고 한다.

가수 최희준이 부른 노래를 적어본다.

인생은 나그네 길
어디서 왔다가 어디로 가는가
구름이 흘러서 가듯
떠돌다 가는 길에
정일랑 두지 말자
미련일랑 두지 말자
인생은 나그네 길

어디서 왔다가 어디로 가는가.

우리는 부모님한테 태어나서 한평생 살아간다. 가정을 이루고 꿈을 이루고 산다. 자식을 낳고 그 자식들을 키우고 공부시키고 때가 되면 결혼시키고 부모로서 해야 할 일이 너무나 많다.

그러다 보면 세월에 붙들려 나이를 먹는다. 그러면서 요즘 백세시대에서 살고 있다. 어느새 이렇게 세월이 지나갔나 하면서 세월의 흐름에 백발과 주름으로 고목이 되어 황혼길에 이르렀다.

좋은 세상 만나서 의학이 발달된 요즘 죽을 틈이 없다고들 한다. 각 병원마다 사람들이 넘쳐나고 각 과마다 사람들로 장사진을 이루었다.

옛날에 들어보지도 못한 세분화 한 병과가 어찌 그리 많은지?

우리가 이런 세대에 태어난 것만도 행운이라고 할 수 있다. 옛날에 좋은 세상 만나서 의학이 발달된 요즘 죽을 틈이 없다고들 한다.
각 병원마다 사람들이 넘쳐나고 각 과마다 사람들로 장사진을 이루었다.
옛날에 들어보지도 못한 세분화 한 병과가 어찌 그리 많은지?
우리가 이런 세대에 태어난 것만도 행운이라고 할 수 있다.

태어났더라면 벌써 죽어있을 수도 있으련만 의학의 발달로 좋은 구경하면서 좋은 시대에 호강하며 살고 있다.

맛있는 거 다 먹고, 보고 싶은 거 다 보고, 가고 싶은 데 다 가보고 살고 있다. 모든 사람이 다 그렇지는 않겠지만 보편적으로 그렇게 살고 있다.

옛날에 보릿고개는 노래에서나 들어 볼 일이다. 그런 소리 하면 라면을 먹지 왜 굶느냐고 하는 요즘 아이들이 어떻게 어려웠던 그 시절을 알 수가 있겠는가?

사람은 누구나 겪어보지 않은 일은 알 수가 없는 것이다.

어른이 된 나이에 이르러서야 '아! 이래서 어른들은 그런 소리를 말하였구나!' 하며 느끼겠지.

돌아보면 잘 사는 사람, 못 사는 사람, 재미있게 사는 사람, 멋있게 사는 사람, 모두 제 나름대로 잘 살고 있다. 그러나 모든 것은 순간적이고 찰나인지라 촌음을 아껴 쓰고 서로 사랑하며 오늘에 감사하고 살아야 하리라.

인생은 나그네인 것을….

5월 어느 날

청보리 물결이 일렁인다. 산야에는 아카시아 꽃이 만발하고 코끝에 스미는 향기가 샤넬보다 더 그윽하다.

둘째아들 내외가 미국에서 열흘간 출장으로 한국에 왔다. 갑자기 부모 생각이 나서, 엄마 아빠 호강시켜 준다고 왔다.

우리 내외는 아들 따라서 아들 지인을 통해 미리 준비해 둔 홍천에 있는 대명콘도로 갔다. 그곳에 가니 마치 알프스 모습 같아서 내가 탄성을 질렀다.

이런 산 속에 어찌 이렇게 아름다운 시설들을 만들어 놓았는지 놀라웠다.

골프장도 공원처럼 예쁘게 잘 되어 있고, 스키장 워터파크랑 완전히 소노 빌리지다. 마치 숲속으로 초대된 듯한 기분에 즐겁게 지낼 수 있었다.

내부는 깔끔하고 세련된 호텔 같은 분위기였다. 무드가 있고 기존의 리조트와는 다른 느낌이 들어서 좋았다. 정말 사람의 능력은 위대하다고 생각했다.

어찌 이런 곳이 있는지? 우리는 들어보지도 못하고 우물 안 개구리로 살아온 늙은이들이라고 생각이 들었다.

지금 세상은 인터넷만 두들기면 모든 것이 해결된다. 음식이면 음식, 명승고지면 명승고지, 어디든지 다 찾아갈 수 있게 되어 있다. 이런 세상에서 살면서 아직도 캄캄한 어둠 속에서 살아가는 사람들이 얼마나 많은가?

젊음은 축복이다. 요새 세상에 태어난 사람들은 얼마나 행복할까? 생각하며 그곳에서 우리 내외는 경치도 구경하고 저희들 누나 내외랑 여동생 내외까지 초대해서 저녁 먹고 늦게까지 함께했다.

젊음은 축복이다.
요새 세상에 태어난 사람들은 얼마나 행복할까? 생각하며
그곳에서 우리 내외는 경치도 구경하고 저희들 누나 내외랑 여동생 내외까지
초대해서 저녁 먹고 늦게까지 함께했다.

잠시 후, 다음 날 일정 때문에 딸들은 아쉬움을 안고 뒤돌아보며 떠나고, 아들 내외와 우리 부부만 그곳에서 1박을 했다.

다음 날 열흘 동안 바쁜 일정을 보내고 미국으로 돌아가는 둘째아들 내외를 배웅하며 서운한 마음을 높이 높이 5월의 하늘을 날아가는 비행기에 함께 떠나보냈다.

어릴 때 추억 가지가지

초등학교 시절, 고학년은 도시락을 싸가지만 저학년은 오전 수업만 받았기 때문에 집에 와서 점심을 먹었다.

여름에 집에 오면 조그마한 둥그런 상에 하얀 배추김치와 민어포 반찬이 전부였다. 어릴 때라 매운 것을 먹지 못하기 때문이다. 시장이 반찬이라고 맛있게 먹던 생각이 난다.

겨울이면 동네 아주머니들과 두부를 만들어서 집집마다 몇 모씩 나누어 먹던 훈훈한 인심이 생각난다. 또 부엌에서 엿을 만들면 방에서는 산자를 만들어서 따뜻한 장판에 늘어놓고 뒤집으면서 말려서 기름에 튀겨 조청을 묻힌다.

솥에서는 찰벼와 모래를 넣고 튀기면 찰벼에서 꽃처럼 예쁜 튀밥이 튀어 나온다. 그것으로 산자를 무치고 쌀 튀긴 것을 통으로도 하고 잘게 찧어서 입히기도 한다.

솥에서는 찰벼와 모래를 넣고 튀기면
찰벼에서 꽃처럼 예쁜 튀밥이 튀어 나온다.
그것으로 산자를 무치고 쌀 튀긴 것을 통으로도 하고
잘게 찧어서 입히기도 한다.

좁쌀 튀긴 것으로도 옷을 입히던 생각이 난다. 엿이 굳지 않게 화롯불에 올려놓고 튀긴 산자에 옷을 입히느라 흔들흔들 왔다갔다 하며 손이 부족하여 아이들까지 동원하곤 했다.

과자가 귀하던 시절이라 가을에 고구마를 캐서 방 윗목에 드럼통을 들여놓고 황토흙 한 켜 넣고 고구마를 넣어 저장해 놓으면 싱싱하고 쥐도 안 먹는다. 그것을 겨울밤에 날고구마로 깎아 먹던 생각도 난다.

김장하고 난 후에 조선배추꼬리를 잘라 저장해 놓고 깎아 먹던 맛은 별미 중 별미였다. 저녁에 밥을 넉넉하게 해서 고구마 찐 것하고 막걸리랑 한상 차려서 머슴들 사랑방에 밤참으로 내가면 가마니 짜고 새끼 꼬던 동네 청년들의 꿀맛 같은 간식이 되었다.

옛날에는 쓰레기를 버리는 일이 없었다. 땔 수 있는 것은 모두 아궁이에다 때고 두엄으로 가서 거름으로 밭에 요긴하게 쓰였다. 또 빈 새우젓 독을 갖다 놓고 오줌을 받아 거름을 했다.

지금도 생각난다. 노천명 시에서처럼 놋양푼에 수수엿을 녹여 먹던 나의 어린 시절! 그것도 동짓달에 고은 엿이 약이 된다고 해서 어지간한 집들은 동짓달에 엿을 고아 먹었다.

우리 집에서도 엿을 고으면 땅콩도 넣고 볶은 콩도 넣으며 여러 가지를 넣어서 만들어 두었다가 여름에 대청마루에 앉아서 숟가락으로 떠서 콩가루에 굴려 먹던 생각은 황혼에 다다른 이 시점에서도 추억으로 남는다.

엿에 전과를 하면, 무전 고구마전 연근전을 했다. 옛 어른들은 영양가 있는 것을 골라 하지도 않았지만 귀하고 귀한 것들을 장만해서 그 이듬해 여름까지 먹었다. 대청마루에 돗자리 펴고 부채질하며 신선같이 살지 않았나 생각한다.

우리 집에서도 엿을 고으면 땅콩도 넣고 볶은 콩도 넣으며
여러 가지를 넣어서 만들어 두었다가
여름에 대청마루에 앉아서 숟가락으로 떠서 콩가루에 굴려 먹던 생각은
황혼에 다다른 이 시점에서도 추억으로 남는다.

해방된 이후에 설탕이 귀할 때다. 다락에 꽃이 그려진 백항아리에 누런 설탕 흰 설탕을 담아놓으면 우리는 그것이 먹고 싶어서 엄마 몰래 동생을 엎드리게 하고 내가 그 위에 올라서서 손으로 한 웅큼 집어먹고, 반대로 내가 엎드리고 동생이 나를 딛고 올라서서 교대로 먹던 기억이 난다.

그것이 반복되다 보니 항아리 밑까지 텅 비어서 어느 날 엄마한테 들켰다. 엄마가 누가 그랬느냐고 소리소리 치면 할머니께서 '인쥐가 그랬겠지…, 누가 그랬겠느냐' 고 하던 생각과 함께 문득 할머니가 보고 싶다. 다락에 꼬치로 낙지 말린 것을 넣어놓으면 할머니께서 가위로 잘게 썰어서 우리에게 주시던 생각도 난다.

또 우리 집에서 한 20리쯤 가면 밤 과수원이 있다. 가을이면 추수하여 굵은 것과 자디잔 밤을 구별해서 마차로 몇 가마니씩 산지기 아저

씨가 소달구지로 실어 오곤 했다.

그 밤을 부엌이나 나무 헛간에 구덩이를 파고 황토 흙을 밤과 함께 넣어 묻어 놓고 저장해서 조금씩 꺼내 쪄먹기도 하고 화롯불에 구워먹던 추억은 잊혀지지 않고 가끔 생각나지만 요즘 일은 자주 잊게 된다.

무엇이든지 집에서 만들어 먹던 아련한 그 추억에 이끌려 가끔 나의 특기인 무 썰어 넣고 민물새우 넣고 푹 지져 먹으면 일미다.

생각나면 게국지도 담가 먹고 묵은지 짠지도 옛날 어른들처럼 해서 먹고 산다. 우리 아이들은 외국에서 돌아오면 우리 집에 집밥 먹으러 온다. 요새 아이들도 때로는 그런 음식이 좋을 때가 있는 것 같다.

봄에 꽃게 간장 담아서 우리 손자 올 때 주려고 따로 분리해서 냉동실에 보관했다. 밥상에 올려놓으면 너무너무 좋아하는 우리 손자 모습을 떠올리면서….

산문散文 · 5

우리 아기 탄생

우리 아기 탄생(1)

19** 년 9월 19일 오전 7시 20분(미국시간), 여명이 밝아온다.

뿌연 안개 속 센트럴메인메디칼 호스피스텔에서 고성을 울리며 우리 아기가 이 세상에 태어났다.

나는 볼을 타고 흐르는 눈물을 주체할 수 없이 생명의 신비를 하나님께 감사했다. 곁에서 지켜보던 사위도 울었다. 산모는 진통의 아픔일랑 축복의 산물인 아가의 탄생과 더불어 말끔히 사라진 듯 미소를 띠고 있다.

가족이 다 산실産室에 들어가는 그곳 미국 풍속을 따라 우리는 모두 산실에 들어가서 찬송가 테이프를 틀어놓고 기도하며 해산解産하기를 기다렸다.

오랜 산고 끝에 드디어 아들을 낳았다.

순간 5년여 동안 방황 속에서 아픈 통증을 참으며 침을 맞고 쓴 약을 나는 볼을 타고 흐르는 눈물을 주체할 수 없이 생명의 신비를 하나님께 감사했다.
곁에서 지켜보던 사위도 울었다.
산모는 진통의 아픔일랑 축복의 산물인 아가의 탄생과 더불어
말끔히 사라진 듯 미소를 띠고 있다.

목에 넘기며 예쁜 아기를 주십사고 기도하며 지냈던 시간들이 파노라마처럼 스쳤다.

하나님 감사합니다.
나의 기도 속에 당신의 메시지를 전합니다.
바르고 예쁘게 이웃을 위하여 봉사하는 아들로 잘 키워주기 바란다고 당부했습니다.

정말 감사하고 감사하다.
이제는 이 에미가 다리를 뻗고 잘 수 있겠다.
너는 모르리라. 옛날에 칠거지악七去之惡이라는 말이 있다.
불효, 무자식, 몸에 병이 많은 것, 질투, 투기, 도둑질 등 일곱 가지

허물을 가진 질이 나쁜 여자를 말하나 그 중에 무자식은 그 어떤 것으로도 피해갈 수 없었다.

특히 집안 장손며느리는 자식이 없으면 며느리로서 면목이 없고 쫓겨나도 할 말이 없었다. 이젠 네가 정씨집안에 할 노릇을 했다는 것에 친정 에미로서 면목이 선다.

항상 너를 위해 기도하마. 정말로 정말로 축하한다.

우리 아기 탄생(2)

9월 27일, 오늘은 태어난 지 9일째 되는 우리 희돌이가 병원에 가는 날이다.

황달기가 있어 걱정이 되었다. 신생아 황달이면 없어질 때가 되었는데 없어지지 않아서 병원에 가려고 애기 목욕을 시키며 산모와 외출 준비를 마쳤다.

2시에 병원 예약이 되어 있었다. 우리는 비가 오는 하늘을 쳐다보며 애기 외출을 할 때마다 비가 온다고 투덜댔다.

병원에서 피 검사를 한 결과 수치가 높다고 입원을 해야 한다고 했다.

정상아들은 수치가 10인데 우리 아기는 22란다. 가슴이 무너지고 산모는 계속 눈물을 흘리며 울었다.

말도 통하지 않는 이국땅에서 출생한 지 며칠이나 되었다고 엄마라고 모유를 먹이겠다고 고생하며 나지 않는 젖을 짜며 씨름하는 것을 보니 엄마는 나이가 많든 적든 마음은 똑 같다고 생각했다.

나도 함께 잠을 설치며 칭얼대는 아기를 안고 달래면서 그 아기를 바라보는 내 마음의 깊은 눈길은 한결 다른 데가 있었다.

나는 '하나님! 감사합니다' 우리 아기를 주셔서 감사하다는 말을 늘 입속으로 중얼거렸다.

미국 시민권이 있는 이 아이가 자라서 훗날 관직이나 공직은 할 수 없다는 말에 나는 그것은 아무 것도 아닌 다 부질없는 것이라고 했다

돈을 많이 벌어서 가난하고 헐벗은 사람, 배고픈 사람들을 위해서 베풀며 봉사하는 사람으로 살기를 바란다고. 하나님이 너에게 이곳까

나도 함께 잠을 설치며 칭얼대는 아기를 안고 달래면서
그 아기를 바라보는 내 마음의 깊은 눈길은 한결 다른 데가 있었다.
나는 '하나님! 감사합니다' 우리 아기를 주셔서
감사하다는 말을 늘 입속으로 중얼거렸다.

지 와서 아기를 낳을 수 있도록 기회를 주신 것은 어떤 큰 뜻이 있을 거라 생각하며 조바심에 하나 엄마를 좇아 병원으로 갔다.

아기가 자외선을 쐬어야 수치가 떨어진다고 발개 벗겨놓고 눈을 가리고 누운 아기를 보며 찢어지는 가슴을 달랠 수 없어 눈물을 흘렸다.

산모는 아무것도 먹지 못하고 애타하는 모습에 몸조리도 못하고 병날까 걱정이었다.

달려올 수 없는 아기아빠에게 전화로만 안부 묻는 그 심정이야 오죽할까?

'하나님 우리 아기 아무 탈 없이 지켜주세요.'

마음 속으로 빌고 또 빌었다.

그리고 나는 생각했다.

하나의 생명이 태어나면 공짜로 거저 자라는 것이 아니라고.

죽을 때까지 노심초사하며 행여 다칠세라 탈선할세라 마음 졸이는 삶이 이어지리라.

그러므로 우리는 쉬지 말고 기도하며 살아야 하리라.

오늘은 하늘이 파랗고 햇빛이 찬란하다.

줄자

한때, 화천에서 3개월 살았다. 일선지방이라 주변 사람들이 군인들의 모습뿐이었다. 27사단과 15사단이 주둔하고 있었다.

그곳은 면회 오는 민간인들과 장사하는 사람들로 북적였다. 주위에는 극장, 면사무소, 양조장, 여관, 약국 등, 그래도 있을 것은 다 있었다. 요즘같이 마트는 없지만 구멍가게에서 모든 것을 사다 먹는 편이었다.

젊은 나이에 그곳에 가니 그곳 사람들이 나더러 출세했다고 했다.

그리고 공의가 한 분 계셨다. 나이는 50대 중반이고 부모 같은 분이셨다. 유일하게 말벗하며 그 분과 친하게 지냈다.

물을 길어다 먹어야 하고 방 두 칸 있는 관사는 벽이 갈라져서 특히 겨울에는 밖이 내다보일 정도로 휑하니 추었다. 연탄불은 왜 그렇게 꺼지는지 요새 젊은이들은 상상도 못할 그런 환경에서 살았다.

큰아들 가슴에 묻고 두 살 난 딸 하나만 데리고 사는 삶은 열악하기 짝이 없었다.

여름에는 선풍기도 없던 시절이라 풀을 베어다가 지붕을 덮고 물을 뿌려가며 살았다.

어느 날 감기 몸살처럼 아파서 누워있었더니 이웃에 사는 무면허 한약방을 하고 있는 할아버지가 오셔서 맥을 짚어보시더니 태맥이라고 하시면서 아들이라고 했다. 나는 여지껏 살면서 그렇게 용한 할아버지는 못 본 것 같다.

입덧하는 나에게 옆집에 공의로 계셨던 정의원 사모님이 나를 많이 챙겼다. 애호박이랑 야채랑 산에서 나는 아그배를 가져다주어서 입맛을 돋게 했다.

그분도 풍족한 삶이 아니었고 시골에서 살 수 있는 것도 없었는데 그

어느 날 감기 몸살처럼 아파서 누워있었더니
이웃에 사는 무면허 한약방을 하고 있는 할아버지가 오셔서 맥을 짚어보시더니
태맥이라고 하시면서 아들이라고 했다.
나는 여지껏 살면서 그렇게 용한 할아버지는 못 본 것 같다.

분들의 정이 얼마나 나에게 소중했던지 친정어머니 같아서 의지하며 살았다.

6개월이 되었다. 우리는 또 강원도 장성군 철암으로 전근이 되었다.

산도 까맣고 물도 까만 그곳은 광부들의 눈만 빛나고 곡괭이 삽 이런 것을 총처럼 메고 다니는 사람들뿐이었다. 아이들이 미술 시간에 물도 까맣게 칠한다고 했다.

남편은 오자마자 3개월간 전라도 광주로 유격 훈련을 갔다. 객지에서 어린 딸과 아는 사람 없이 사는 삶은 나에게 너무나 힘든 일이었다.

병원도 하나뿐인 그곳에 임신한 나를 두고 전라도 광주로 유격훈련을 떠나는 남편 심경은 또 얼마나 착잡했을까? 연탄가스 마실까 봐 방문 유리를 빼놓고 차라리 감기 드는 것이 낫다고 했다.

나는 2주마다 병원에 가서 진찰을 받곤 했다.

그 옛날은 초음파니 하는 말은 들어 보지도 못했고 지금처럼 태아의 사진을 엄마 아빠가 보는 그런 세상은 아니었다. 2주마다 병원 가면 얼마나 늘어났나 줄자로 가로 세로 재고 청진기로 숨소리를 들어보는 것이 고작이었다.

그런 세월 속에서 막달이 되었는데 춘천으로 발령을 받았다. 나는 조마조마한 마음으로 춘천행 기차를 탔다. 긴장한 탓인지 사르르 배가 아프고 산기가 온 것 같았다. 할 수 없이 중간에 원주에서 내려서 여관으로 들어갔다.

잠시 후 다행히 진정이 되어서 다시 차를 타고 춘천으로 갔다. 그리고 며칠 뒤에 우리 큰 아들을 낳았다. 그 아들의 나이가 지금 쉰셋이다.

줄자로 가로 세로 재며 낳은 아들이다.

지금은 나이 든 부모 가까이에서 살며 매일 저녁 하루도 빠짐없이 문

그 옛날은 초음파니 하는 말은 들어 보지도 못했고
지금처럼 태아의 사진을 엄마 아빠가 보는 그런 세상은 아니었다.
2주마다 병원 가면 얼마나 늘어났나 줄자로 가로 세로 재고
청진기로 숨소리를 들어보는 것이 고작이었다.

안 인사를 하는 내 아들!

우리 두 늙은이 병원 모시고 다니며 손과 발이 되어주고 있다.

그 외에 두 딸도 한 단지 내 가까운 곳에서 살고 있다.

둘째아들만 미국에서 산다. 옛날에 우리 어머니가 하신 말씀이 생각난다.

사람은 첫째 국적을 잘 타고나야 하고,

둘째 부모를 잘 만나야 하고,

셋째 배우자를 잘 만나야 하고,

넷째는 자식을 잘 두어야 한다고 하신 말씀이 귀감이 된다.

늘그막에 자식들 레이더망에 끼고 사니 나는 행복한 노년이라 하겠다.

김정자의 시와 산문

•

지은이 / 김정자
펴낸이 / 김정희
펴낸곳 / **지구문학**

03140, 서울시 종로구 종로17길 12, 215호(뉴파고다 빌딩)
전화 / (02)764-9679
팩스 / (02)764-7082

등록 / 제1-A2301호(1998. 3. 19)

초판발행일 / 2020년 10월 1일

값 12,000원

E-mail/jigumunhak@hanmail.net

ISBN 979-11-965316-4-5 03810